교과서와 함께 읽는 고전 시가 해설

시를 품고
옛 노래를 부르다

교과서와 함께 읽는 **고전 시가** 해설

시를 품고
옛 노래를
부르다

류수열

글누림

머리말

"고전문학을 왜 읽어야 하나?"

이런 의문을 떠올려 본 적이 있을 것이다. 21세기를 살아가는 우리가 저 멀리는 삼국시대 이전부터, 가깝게는 조선시대의 문학 작품을 읽다 보면, 말도 낯설고 삶도 낯설고 마음도 낯설게 다가온다. 그러니 이런 의문이 떠오르는 건 오히려 자연스럽다.

고전(古典)에는 두 가지 뜻이 함축되어 있다. 하나는 오래되었다[古]는 뜻이고, 다른 하나는 모범[典]이라는 뜻이다. 이 두 가지 조건을 동시에 충족시켜야 고전의 반열에 오르는 것이다. 그러나 이 두 가지 뜻은 결국 한 지점에서 만난다. 모범적이어야 오래도록 전승될 수 있기 때문이다. 하나의 작품이 다른 작품들보다 뛰어나서 하나의 모범으로 인정되면 후대 사람들이 보고 배우는 고전이 되는 것이다.

그렇다면 어떤 면에서 고전은 다른 작품의 모범이 된다는 뜻일까? 그 것은 문학을 이루는 여러 가지 요소 중의 하나나 그 전부가 그렇다는 뜻이다. 문학은 보통 내용과 형식, 표현으로 이루어진다고 한다. 그렇다면 고전은 내용면에서나 형식면에서, 아니면 표현면에서 다른 작품의 모범이 될 정도로 수준 높은 성취가 있다는 점을 알 수 있다.

문학의 내용이란 무엇일까? 문학이란 사람의 마음과 삶을 그려낸 것이라 했으니, 이것이 곧 문학의 내용이다. 문학의 형식이란 또 무엇일까? 그것은 갈래 그 자체이기도 하고, 구조이기도 하며, 기법적인 장치이기도 하다. 또 표현이란 무엇일까? 그것은 일상적인 언어보다 훨씬 더 정련되어서 재미를 주거나 지적 충격을 낳거나 감동을 자아내는 말을 뜻한다. 이 셋은 하나의 작품 안에서 유기적인 관련을 맺고 있기 때문에 결국 하나로 모이는 셈이다.

그런 면에서 본다면 고전이란 오늘날의 우리 문학과 다르면서도 같은 것이다. 사람의 마음이나 삶이란 시대에 따라, 환경에 따라 달라지게 마련이지만, 시공을 초월하여 변하지 않는 어떤 속성도 가지고 있다. 그것이 오늘날 우리의 것과 다르면 다른 대로, 같으면 같은 대로 우리를 성장시킨다. 다른 사람의 삶을 접해 보면 나의 안목을 더 넓힐 수 있고, 나와 같은 생각을 가진 사람을 보면 동질감을 느끼면서 감동을 얻게 되는데, 이것이 곧 인간이 성장하는 과정이다.

중학교와 고등학교 국어 교과서를 편찬하는 제도가 검인정으로 바뀌면서 다수의 고전이 새롭게 소개되고 있는 상황이다. 이 책은 우리의 고전문학 중에서도 노래로 가창되었던 시가 작품, 그 중에서도 중학교와 고등학교 국어 교과서에 빈번하게 실리는 작품을 대상으로 뜻을 풀이하고 맥락이나 배경에 관한 설명을 덧붙인 것이다. 우리에게 낯선 말로 이루어진 표현을 오늘날 통용되는 말로 고치고, 우리의 삶과 너무 멀어서 잘 이해되지 않는 내용은 예를 들거나 비유를 통해 쉽게 제시하고자 했다. 그러다 보니 작품이 원래부터 지닌 향기를 부분적으로는 훼손했을지도 모르겠다. 그래도 우리의 고전을 접해 보는 경험이 더 중요하다고 생각했기에, 현대적 감각으로 풀이하는 데 과감해질 수 있었다. 그리고 교과서에서는 분량의 제한, 시간의 제약으로 인해 미처 다루지 못하는 부분까지 가급적 포함시키고자 했다.

'시가(詩歌)'는 시와 노래가 합성된 말이다. 시가 노래의 모습을 지니고 있었고, 시와 노래가 하나였던 과거를 고스란히 드러내준다. '시가'와 '옛 노래'를 모두 책의 제목으로 내세운 이유도 여기에 있다. 우리가 종이 위에 박힌 글자를 통해 시를 만날 때와는 다른 시선으로 우리의 고전을 봐야 하는 까닭을 강조하고 싶었던 것이다. 이 점에 특히 유념하면서 고전 시가 작품을 만나면, 교과서에서 접할 때와는 또 다른 감동과 깨달음이 있을 줄로 믿는다. 중학생들은 물론이고 고전작품에 흥미를 가진 고등학생들에게도 독서의 재미를 줄 것이라고 조심스럽게 기대도 한다.

이 책을 만드는 데는 많은 사람들의 손길이 숨어 있다. 이 책의 원고는 원래 미래의 국어 선생님을 길러내고 있는 글쓴이가 그들과 함께 만든 것이다. 중학생이나 고등학생들의 눈높이에서 서로 질문하면서 단어 하나, 문장 하나를 고쳐 쓰고 다듬는 데 많은 시간을 할애했다. 전지인, 김세림, 박수지, 고경덕, 김보미, 이혜선, 채유리. 여기에 각별히 그들의 이름을 밝히면서 고마움을 전한다. 그들이 국어 선생님으로서 교단에 서서 이 책을 학생들과 함께 읽는 날이 오기를 기다린다. 그리고 임진성 화백은 이 책의 첫 번째 독자가 되어 꼼꼼히 읽으면서 작품에 꼭 어울리는 그림을 정성껏 그려 주었다. 이 책이 다른 책보다 뛰어난 점이 있다면, 순전히 그림에서 뿜어 나오는 향취 때문일 것이다. 마지막으로 다른 책보다 훨씬 더 까다로운 작업을 능숙하고도 재빠르게 수행해 준 글누림출판사의 식구들에게도 각별한 감사의 말을 전하고 싶다.

2012년 8월 늦여름에

류수열

차례

17. 일으켜 세우기와 가라앉히기

1부 고대가요

1. 탄생에서 죽음까지

공무도하가 / 황조가 / 구지가

고대가요에 대하여

'고대(古代)'라 하면 아주 아득한 옛날이라는 뜻입니다. 그러니까 정확하게 몇 년부터 몇 년까지인지를 알 수 없다는 뜻이 됩니다. 우리 선조들의 흔적을 알 수 있는 역사는 단군이 세웠다는 고조선부터 시작되지만, 고조선도 언제 건국되었고 언제 멸망했는지를 정확하게 알기는 어렵습니다. 고조선 이후에 부여가 있었고, 그 부여족이 남하해서 고구려를 세웠던 시기에, 이 한반도에는 부족 국가가 생겨나기 시작했습니다. 가락국도 그 중의 하나입니다. 여기에서는 '고대'를 한반도에 고조선이 건국된 이후부터 고구려, 백제, 신라의 삼국이 정립하기 이전까지를 가리키는 말로 쓰기로 합니다.

이 시기에는 부족들이 모여서 하늘에 제사를 지내거나 잔치를 벌일 때 부르는 노래가 있었을 것으로 추정됩니다. 이런 노래들은 한 공동체의 집단적인 소망이 담긴 노래가 대부분이었을 것입니다. 그러다가 점점 개인의 꿈과 소망을 담은 노래가 나타났을 것입니다. 물론 그때는 훈민정음이 창제되기 이전이어서 노래는 오직 말로만 짓고 말로만 전승했을 것입니다. 마치 민요가 그러한 것처럼 말입니다. 그런 노래들이 삼국시대 들어 한자가 전해지면서 한문으로 번역되어 오늘날까지 내려오게 되었습니다.

여기에서는 이 당시에 우리 조상들이 짓고 부른 노래 세 편을 감상합니다. 이 시기에는 무수히 많은 노래들이 있었을 것으로 짐작되지만, 안타깝게도 우리가 확인할 수 있는 것은 이 세 편이 전부입니다. 왜 하필이 세 편만 선택되어 전해지고 있을까 생각하면서 함께 읽어 봅시다.

탄생에서 죽음까지

공무도하가

임이여 제발 건너려 마오
그래도 끝내 물에 드셨네
세찬 물결 휩쓸려 돌아가시니
장차 이를 어이하리오.

– 백수광부의 처

황조가

펄펄 나는 저 꾀꼬리
암수 서로 정다워라
외로워라 이내 몸은
뉘와 함께 돌아갈꼬.

– 유리왕

구지가

거북아, 거북아,
머리를 내어라
내놓지 않으면
구워서 먹으리.

– 아홉 추장과 그 백성들

작품
해설

공무도하가

「공무도하가」는 이 노래의 첫 구절이 '공무도하(公無渡河)'인 데서 붙은 제목이다. '공(公)'은 '임'을 부르는 말이고, '무(無)'는 '~하지 말라'는 뜻이며, '도하(渡河)'는 강을 건넌다는 뜻이다. 오늘날 우리가 확인할 수 있는 우리나라 최초의 노래이다.

이 노래에는 다음과 같은 이야기가 함께 전해진다. 고조선의 한 나루에 살던 '곽리자고'라는 사람이 새벽에 일어나 배를 젓고 있었는데 머리가 하얗게 센 미친 사람(백수광부) 하나가 머리를 풀고 술병을 낀 채 물살을 헤치며 건너가려 했다. 그의 아내가 뒤따르며 막아보려 했으나 결국 그는 물에 빠져 죽었다. 이에 그의 아내는 공후*라는 악기를 타며 이 노래를 지어 불렀다. 여자는 노래를 마치고는 스스로 물에 몸을 던져 죽었다. 곽리자고가 돌아와 아내 여옥에게 그 노랫소리를 들려주며 이야기를 하였더니, 여옥은 이를 슬퍼하여 공후를 타며 그 소리를 그대로 내었는데, 듣는 이들이 모두 눈

*공후(箜篌)는 서양의 하프와 비슷한 현악기의 일종이다. 그래서 「공무도하가」는 「공후인」이라는 별칭을 지니고 있다.

물을 흘렸다.

이 이야기에서 주목해볼 만한 것은, 백수광부의 정체가 무엇인가 하는 점이다. 하얗게 센 머리를 풀어헤친 채 술병을 들고 물에 빠져 죽었다는 점이 심상치 않기 때문이다. 어떤 이는 백수광부를 무당으로 보기도 한다. 미치광이처럼 물로 뛰어든다는 것은 신들린 무당의 모습에 가깝다는 것이다. 물이 재생의 공간이기도 하다는 점을 고려해 보면, 아마도 새로운 갱신을 위해 물에 뛰어들었다가 죽음을 이기지 못한 것이 아닌가 하고 추정한다. 물은 죽음의 공간이 되고, 백수광부는 실패한 무당이 된 셈이다.

이와는 약간 다르게 역사적인 시각에서는, 국가적 임무를 수행하다가 불신을 당하고 권위를 잃은 무당으로 보기도 한다. 그 당시 무당은 신과 인간을 이어주는 역할을 했던 사제였기 때문에 오늘날과는 달리 대단히 높은 지위를 지니고 있었다. 그런 사람이 죽음을 선택했다는 것은 명예를 지키기 위한 최종적인 결정이었을 것이라는 추측이다.

카라바지오(Caravaggio)가 그린 〈바카스〉

또 신화적인 설명에 기대어 백수광부를 주신(酒神, 술의 신)으로 해석하기도 한다. 백수(白首)는 신선과 같은 신적 존재의 모습이므로 백수광부는 신이고, 그중에서도 술병을 들고 있었으므로 주신이라는 것이다. 그리스 신화에는 디오니소스(Dionysos)가, 로마 신화에는 바카스(Bacchus)가 주신으로 등장하는 것처럼, 우리의 옛날 신화에 주신으로 등장하는 인물이 백수광부라는 것이다.

그런데 우리가 이 노래를 감상할 때 백수광부가 누구인가 하는 것보다 중요한 것은 노래에 담긴 뜻이 무엇인가 하는 것이다. 짧고 간결하므로 이를 파악하는 일이 어렵지 않다. 간략하게 정리하면 그것은 '임을 여읜 슬픔' 아니면 '임과의 이별에 따른 절망감' 정도가 될 것이다. 인간의 죽음, 죽음에 따른 이별, 이별에 따른 절망은 예나 지금이나 누구도 피할 수 없는 운명이다.

그렇게 본다면 이 노래에 등장하는 물은 이별을 상징적으로 함축하고 있는 경계이다. 이편과 저편을 나누고, 이승과 저승을 가르며, 삶과 죽음을 떼어놓고, 나와 임을 분리하는 경계, 그것이 이 노래에서는 물인 것이다.

황조가

한 사람의 죽음으로 인해 이별을 해야만 하는 경우가 있는가 하면, 예기치 않은 사건으로 이별해야 하는 일도 생긴다. 「황조가」는 서로 사랑하는 사람들이 함께 살아가다가 서로 다른 땅으로 갈라서는 이별을 노래한 것이다.

이 노래에도 역시 배경 설화가 전해진다. 유리왕은 고구려를 세운 주몽(동명왕)의 아들로서 고구려 제2대 왕이다. 그가 왕위에 오른 뒤 왕비 송씨(松氏)가 죽자 화희(禾姬)와 치희(雉姬) 두 여인을 후처로 맞았는데, 이들은 늘 서로 총애를 다투었다. 그러던 중 왕이 사냥을 가 궁궐을 비

암수 간 사이가 좋기로 유명한 꾀꼬리

운 사이에, 화희가 치희를 모욕하여 한(漢)나라로 쫓아 버렸다. 왕이 사냥에서 돌아와 이 말을 듣고 곧 말을 달려 뒤를 쫓았으나 화가 난 치희는 돌아오지 않았다. 왕이 탄식하며 나무 밑에서 쉬는데, 짝을 지어 날아가는 황조(黃鳥:꾀꼬리)를 보고 이 노래를 지었다.

이 노래는 역사적인 맥락에서, 통치자로서의 회한을 담고 있는 작품으로 해석되기도 한다. 화희의 '화'는 '벼'라는 뜻이므로 농경민족을 대표한다. 치희의 '치'는 '꿩'이므로 수렵민족을 대표한다. 따라서 이 노래는 농경민족과 수렵민족을 통합해야 하는 지도자로서 그 임무를 성취하지 못한 유리왕이 그 정치적 회한을 담아낸 것이라는 해석이다. 신화적인 인물인 유리왕이 남녀 간의 사랑과 이별에 동반되는 개인적 정감을 노래하는 것은 어딘지 어울리지 않는다는 것이 이러한 해석의 단서가 된다. 이렇게 보면 이 노래는 단순한 사랑노래가 아니다. 정치적 실패에서 비롯된 좌절감을 담고 있는 노래인 것이다.

그러나 이런 역사적 해석은 어디까지나 추정일 뿐이다. 확실한 것은 사랑에 실패한 한 사람의 회한을 담고 있다는 점이다. 자신이 사랑하는 치희가 떠난 자리에 홀로 남은 유리왕이 자신의 처지를 외롭다고 고백한 것이다. 그러나 그보다 더 중요한 것이 있다. 그것은 다정한 꾀꼬리 한 쌍을 보고서야 외로움을 실감했다는 점이다. 무엇인가를 잃어버린 사람이 느끼는 상실감이나 결핍감은 자신과 대비되는 어떤 장면이나 풍경을 접할 때 더 커지는 법이다. 그냥 있어도 외로울 법하지만, 꾀꼬리 한 쌍이 정답게 애정 행각(?)을 펼치는 장면을 보니 그 외로움이 한층 더 절실하게 느껴졌던 것이다. 이 노래가 우리에게 알려주는 진실은 바로 여기에 있다. 자신을 둘러싼 외부의 환경이 조화롭고 충족되어 있을수록 자신의 상실감과 결핍감을 선명하게 느낀다는 점.

모든 사람의 생애는 생로병사(生老病死)로 요약된다. 태어나고 늙고 병들고 죽는다는 것이다. 그 과정에서 가장 중요한 사건은 사랑이다. 사랑은 만남을 전제로 한다. 그런데 모든 만남은 이별과 짝을 이룬다. 이것은 운명이다. 그래서 사랑은 더 절절해지고 그 가치도 높은 것이다. 이별이 없는 영원한 사랑, 그것은 어디까지나 우리의 상상일 뿐이다. 「황조가」는 우리 생의 가장 중요한 한 대목을 아주 간결하게 포착해낸 것이다.

구지가

이제 「구지가」를 함께 읽어 보기로 하자. 이 노래에는 한 신화적 인물의 출생의 비밀이 담겨 있다. 그 내막은 이러하다.

가락국에 아직 임금이 없어 9명의 추장(酋長)이 백성들을 다스리던 42년 3월, 김해 지역의 구지봉(龜旨峰)에서 신(神)의 소리가 들렸다. "하늘이 나에게 명하기를 이곳에 나라를 새로 세우고 임금이 되라고 하였으므로 일부러 여기에 내려온 것이니, 너희들은 모름지기 산봉우리 꼭대기의 흙을 파면서 이렇게 노래를 부르라. (…노래…)" 추장들과 모든 백성들은 구지봉에 모여 신의 계시대로 흙을 파헤치며 노래를 합창했다. 이윽고 하늘에서 6개의 황금알이 내려와 6명의 귀공자(貴公子)로 변하여 각각 6가야(伽倻)의 왕이 되었다. 그 중 제일 큰 알에서 나온 사람이 수로왕이었다.

이처럼 이 노래는 가야국의 건국 시조 김수로왕의 탄생 신화에 포함되어 있다. 이런 맥락을 감안하면, 이 노래는 백성들이 임금을 맞이하기 위한 목적으로 부른 노래이면서, 그 뜻이 이루어졌다는 점에서 주술*적 성격을 지니고 있기도 하다. 그런가 하면 기록과는 달리 잡귀를 쫓는 주문으로 보기도 하고, 여성들이 남성을 유혹하면서 부른 노래로 보기도 한다.

모두 제각각 타당한 근거를 지니고 있는 견해이긴 하지만, 이 노래가 우리에게 친숙하게 느껴지는 것은

*주술(呪術)이란 불행이나 재해를 막기 위해서, 또는 행복이나 쾌락을 초래하기 위해 주문을 외거나 술법을 부리는 일을 뜻한다. 말이 씨가 된다는 속담에는 말을 통해 소망을 성취하고자 하는 인간의 바람이 담겨 있기도 하다. 이처럼 주술성은 주로 언어를 통해 실현된다.

경남 김해에 있는 구지봉석

동요에서 볼 수 있는 단순하고 소박한 노랫말 때문이다. "두껍아, 두껍아, 헌 집 줄게. 새 집 다오."와 같이 자신의 소망을 다른 생물체에게 전달하는 어법을 지니고 있는 것이다. 여기에는 자연물이나 신적 존재와도 직접적으로 의사소통을 할 수 있다고 믿은 원시인들의 사고방식이 작동되고 있다.

이 노래는 아마도 가야국의 국가적인 행사에서 자주 가창되었을 것으로 추정된다. 건국시조가 탄생하게 된 내막을 담고 있는 노래인 만큼 그 백성들은 이 노래를 신성하게 여겼을 것이다. 흐르는 강물에 발을 담그면서 그 강물의 연원을 생각해 볼 수 있는 존재가 바로 인간이다. 자신들의 삶의 터전이 어디에 뿌리를 두고 있는지를 환기하면서 자부심과 동질감을 느꼈을 것이다.

참고로 이 노래는 추장들과 백성들이 함께 불렀기 때문에 흔히 그들이 지은 노래로 알려져 있지만, 기록에 따르면 노래의 저작권(?)은 하늘에 있음을 기억해 둘 필요가 있다. 하늘의 신이 노래를 지어 인간에게 전수했다는 사연을 담고 있는 노래인 것이다.

앞에서 우리는 고대가요로 포괄되는 세 편의 노래를 그 맥락과 함께 감상해 보았다. 순서는 거꾸로 되었지만, 인간 생애의 주기에서 가장 중요한 세 가지 국면, 즉 탄생, 사랑과 이별, 죽음이라는 세 가지 사건을 각각의 소재로 삼고 있는 노래이다. 당시의 수많은 노래들 중에서 왜 하필 이 세 편의 노래만이 오늘날까지 전해지고 있을까? 이 질문에 대한 답의 단서도 여기에 있을지 모를 일이다.

1. 물은 죽음 혹은 이별의 공간이자 재생 혹은 만남의 공간이기도 하다. 물이 죽음과 이별의 공간이 된 「공무도하가」와는 반대로, 재생과 만남의 공간으로 나타나 있는 작품을 찾아보자.

2. 자신이 겪었거나 겪고 있는 외로움, 쓸쓸함, 괴로움 등의 정서를, 「황조가」에서처럼 자기와 대비되는 장면이나 풍경을 동원하여 표현해 보자.

3. 「구지가」는 '이름 부르기 ▶ 요청하기 ▶ 조건 제시하기 ▶ 위협하기'의 순서로 구성되어 있다. 책이나 학용품, 휴대 전화 등 자신이 소지한 물건을 대상으로 하여, 「구지가」의 구성에 맞추어 자신의 소망을 드러내 보자.

2부 향가와 속요

향가(鄕歌)는 중국의 노래에 대비되는 '우리의 노래'라는 의미를 담고 있습니다. 그리고 향가는 주로 향찰이라는 표기 방식에 따라 기록되었습니다. 향찰이란 중국에서 전래된 한자의 음과 훈을 빌려 표기하는 문자 체계를 일컫습니다. 향찰이라는 표기 방식이 생겨남에 따라 기억과 암송에 의존하던 노래가 매우 정돈된 형태로 창작되고 전승될 수 있었습니다. 향가는 우리의 문학사에서 가장 최초로 문자로 창작되고 전승된 노래라 할 수 있겠습니다. 삼국 중에서 신라에서 유행했던 노래였고, 통일 이후에도 지속적으로 향유되었습니다.

뜻의 마디에 따라 향가 작품들의 행을 정돈해 보면, 4행, 8행, 10행으로 구성됩니다. 이를 각각 4구체, 8구체, 10구체라 합니다. 이 중에서 10구체가 가장 정제된 형식을 갖춘 것으로 평가됩니다. 향가는 주로 승려와 화랑이 지었지만, 민요적 성격이 강한 작품도 있고 일반 백성들의 작품으로 보이는 작품도 있어, 작자층의 폭이 넓었을 것으로 보입니다.

한편 속요(俗謠)는 말 그대로 세속적인 노래라는 뜻입니다. 원래는 민요였다가 후에 고려시대에 궁중에서 연행되는 음악으로 신분 상승을 이루어낸 노래들입니다. 그래서 경건하고 진지할 것으로 보이는 일반적인 궁중 음악과는 달리, 민요처럼 주로 남녀 간의 애정이나 이별을 노래한 작품이 많습니다. 조선시대에 들어오면 사대부들로부터 좋지 않은 평가를 받으면서 퇴출되기도 했습니다.

여기에서는 신라인과 고려인의 삶과 꿈이 서려 있는 노래를 각각 세 편씩 감상합니다. 여러 작품들이 많이 있지만, 나머지는 다른 기회로 미루고 향가와 속요 중에서 대표적인 작품을 세 편씩 골랐습니다.

신라인의 애환

서동요

선화공주님은
남 몰래 정을 통해두고
서동 서방님을
밤에 몰래 안고 간다.

– 백제 무왕

헌화가

자줏빛 바위 가에
잡고 있는 암소 놓게 하시고
나를 아니 부끄러워하시면
꽃을 꺾어 바치오리다.

– 어느 노인

제망매가

삶과 죽음의 길은
예 있으매 머뭇거리고
나는 간다는 말도
못다 이르고 가나닛고
어느 가을 이른 바람에
이에 저에 떨어질 잎처럼
한 가지에 나고
가는 곳 모르온저
아아, 미타찰*에서 만날 나
도 닦아 기다리겠노라.

— 월명사

*미타찰 : 불교에서 말하는 '극락'이 있는 곳. '서방정토'라고도 한다.

서동요

「서동요」는 서동이 지었다고 해서 붙은 제목이다. 노래를 지을 당시에는 정해진 제목이 따로 없었던 듯하다. 서동은 백제 무왕의 어릴 적 별명이다. '장'이라는 본명이 있었으나, 항상 마를 캐어 팔아 생활했기 때문에 붙은 별명으로서 마 서(薯), 아이 동(童), 오늘날로 치면 '마 소년' 쯤에 해당된다 하겠다.

노래에 담긴 뜻을 이해하기는 어렵지 않으므로, 우선 이 노래가 지어진 맥락을 훑어보기로 하자. 백제 사람인 서동은 신라 진평왕의 셋째공주 선화가 빼어난 미인이라는 소문을 듣고, 머리를 깎고 신라의 서울로 간다. 그가 마을 아이들에게 마를 나누어 먹이니 아이들이 모두 친근하게 지냈다. 서동은 마침내 한 편의 동요를 지은 뒤 마을의 아이들을 꾀어 그 노래를 부르고 다니게 했다. 이렇게 해서 만들어진 노래가 바로 「서동요」이다. 말하

약재로 쓰이는 마

자면 이 노래는 서동이 작사·작곡을 하고, 아이들이 부른 것이다.

노랫말은 간략하다. 공주님이 밤마다 서동을 몰래 만나서 정을 통한다는 것이다. 우리가 어렸을 적 '얼레리 꼴레리' 하면서 누군가를 놀리기 위해 만들어낸 소문과 같다. 전혀 있지도 않은 일을 사실처럼 만들어낸 것이다. 스캔들을 꾸미서 궁궐을 시끄럽게 만들면, 그 스캔들대로 일이 이루어질 것이라 생각했던 것이다. 이러한 서동의 생각은 말이 씨가 된다는 속담에 담긴 관념을 스스로 실행한 것이기도 하다.

서동의 의도는 과연 성공했을까? 성공했다. 노래가 곳곳에 퍼져 대궐에까지 알려졌고, 신하들은 공주의 부정한 행실을 규탄하며 먼 시골로 귀양을 보내도록 간청했다. 공주가 유배를 떠날 때 왕후는 순금 한 말을 노자로 주었다. 이때를 기다렸다는 듯 서동은, 유배지로 가는 공주를 만나 호위해 가겠다고 했다. 공주는 그가 누구인지를 알지 못하면서도 어쩐지 미덥고 즐거웠다. 이리하여 두 사람은 정을 통하게 되었고, 공주는 노래의 배경을 알고는 그 뜻이 사실로 이루어졌음을 알았다.

간절한 염원은 원래 노래가 되어 나오는 법이다. 어렸을 적 어머니에게 지속해서 반복적으로 무엇인가를 간청할 때, 어머니가 항복 선언처럼 하는 말이 "노래를 한다." 아니었던가. 노래를 부를 정도로 간절한 염원이라면 언젠가는 이루어질 수 있음을 보여주는 것이다. 없는 것을 있게 만들거나, 있는 것을 없게 만드는 것, 이것이 노래의 힘이고 말의 힘이다. 말이 현실로 이루어졌으므로 이 노래에도 주술적 성격이 있음을 알 수 있다.

그런데 출처도 확인할 수 없는 소문 때문에 모함을 받고 궁궐에서 쫓겨났으니, 어찌 보면 선화공주로서는 억울할 만도 하다. 그러나 다행이다. 이름조차 모르는데 한 사람을 만나 미더워하고 즐거워했다면, 그는 필시 훈훈한 인상과 성격을 가진 '훈남'이었을 것이다. 더욱이 그는 자라서 백제의 왕이 되고, 후에 왕비와 함께 신라 왕실을 돕기도 했다.

헌화가

「헌화가」는 꽃을 바치는 노래라는 뜻이다. 노랫말 역시 간결해서 이해가 어렵지는 않지만, 암소를 놓게 하신다는 구절만은 무슨 뜻인지 쉽게 다가서지 않는다. 그러나 이 노래의 배경을 살피면 금방 알 수 있다. 신라 성덕왕 때 순정공(純貞公)이 강릉의 태수(太守)로 부임하는 길에서 일어난 일이다. 순정공의 부인인 수로(水路)가 바닷가의 천 길이나 되는 절벽 위에 피어 있는 철쭉꽃을 보고는 탐을 냈다. 그러나 험한 바위 위에 있었으므로 선뜻 나서는 사람이 아무도 없었다. 이때 암소를 몰고 지나가던 한 노인이 부인의 이 말을 듣고 기꺼이 올라가 꽃을 꺾어다 바치며 이 노래를 지어 불렀다.

이런 맥락을 이해하고 나면 '암소 놓게 하시고'의 의미는 한층 분명해진다. 그런데 다시 맥락을 꼼꼼히 읽어보면, 분명히 노인은 자발적으로 암소를 놓아두고 벼랑을 기어 올라갔음을 알 수 있다. 그렇다면 '암소 놓게 하시고'는 상황에 맞지 않은 표현이다. 왜 그랬을까?

수로부인은 빼어난 미모와 자태를 지녔다고 한다. 용과 같은 신물이 탐을 내서 납치해 갔을 정도였다고 한다. 그런 부인이 갖고 싶어한 것이 하필이면 천 길 낭떠러지 위에 피어 있는 철쭉이었다. 노인은 아름다운 미모와 자태를 지닌 한 여인의 소망이 무엇인지 알고는, 자신의 능력으로 그 소망을 성취해 주었다. 그것은 자신의 자발적인 판단과 행동으로 이룬 성과이지만, 자신이 그렇게 판단하고 행동하게 된 것은 수로부인의 미모와 자태 때문이었다. 즉 수로부인의 미모와 자태에 빠져, 잡고 있던 고삐를 놓고 감히 암벽 등반의 위험을 무릅쓴 것이다. 이렇게 이해하면 '암소 놓게 하시고'에 대한 의문은 풀릴 수 있을 것이다.

그래도 한 가자 의문은 남는다. 봄이 되면 이 땅에 지천으로 피는 흔한 꽃이 철쭉인데, 왜 하필 그는 천 길 낭떠러지 위에 핀 꽃을 탐냈을까? 그 꽃이 다른 철쭉보다 더 아름다워서였을까? 특별히 더 아름다울 까닭은 없어 보인다. 혹 그렇다면 가지기 어려웠으므로

봄이면 지천으로 피는 철쭉

가지고 싶었던 것은 아니었을까? 사람도 멀리 있을수록 아름다워지는 것이 이치라면 그렇게 이해해도 큰 잘못은 아닐 것이다.

제망매가

이제 형식이 다른 「제망매가」로 넘어가기로 하자. 이 노래는 월명사라는 승려가 죽은 누이[망매(亡妹)]의 제사를 지내면서 부른 노래라고 한다. 제사에서 이 노래를 지어 불렀더니 갑자기 바람이 불어 지전(紙錢)을 실어 서쪽으로 날려 보냈다고 한다. 지전은 동전 모양을 본떠서

장례나 제사에서 쓰이는 지전

만든 종이로서, 장례나 제사 등의 의식에서 죽은 사람의 명복을 빌면서
불로 태운다. 저승길을 갈 때 노잣돈으로 쓰라는 의미를 담고 있는 것이
다. 지전이 서쪽으로 날아갔다는 것은 죽은 누이가 '서방정토'로 갔다는
암시이다. 서방정토는 불교에서 말하는 극락이 있는 곳이고, 노래의 9행
에 있는 '미타찰' 또한 같은 의미를 지니고 있다.

　월명사는 당대에 아주 이름 높은 승려였다. 그가 달밤에 피리를 불면
서 지나가면 달빛이 그를 오롯이 비추어 주었다고 한다. '월명사'라는
이름도 거기에서 비롯된 만큼 설화적인 인물로 볼 수 있다. 그만큼 신통
력을 지닌 인물이었다는 것이다. 하늘에 두 해가 나란히 뜬 사건이 일어
나자 「도솔가」라는 노래를 불러 그 변괴를 없애기도 했던 사람이다. 그
런 인물이었으므로 누이를 제사지내는 순간에 신통력을 발휘한 것이 전

혀 이상할 것은 없다. 『삼국유사』에는 향가가 천지신명을 감동시키는 일이 많다고 했다. 그만큼 신라인들은 향가를 신성시하였고, 월명사는 향가의 신성성을 직접 보여준 인물이었던 것이다.

그렇지만 이 노래를 향가 중에서도 최고의 작품으로 꼽는 이유가 월명사라는 인물의 범상치 않은 행적에 있는 것은 아니다. 그것은 삶과 죽음의 섭리를 받아들이는 태도, 죽음으로 인한 육친과의 이별을 승화시키는 자세에서 찾을 수 있다. 죽음으로 인한 이별은 누구나가 겪을 수밖에 없는 필연적인 비극이다. 비극을 만나 울음으로 맞이하는 것은 누구나가 다 보여주는 일차적인 반응이다. 누구나가 다 그러하다는 것은 동물적이라는 뜻도 된다. 문학을 인간의 일이라고 한다면, 거기에 드러난 정서는 동물적 반응의 수준을 넘어서야 한다. 이것이 바로 문학적 질서를 갖추는 일이다. 헝클어진 마음 상태를 다듬고 갈무리하면 그때부터는 문학이 된다. 월명사는 죽은 누이와의 이별을 재회에 대한 다짐과 기대로 바꾼 것이다.

또 하나 추가한다면 신선한 비유적 표현을 통해 죽은 자와 산 자의 삶과 마음을 선명하게 드러낸 문학적 성취도 빠뜨릴 수 없다. '어느 가을 이른 바람에 / 이에 저에 떨어질 잎처럼'에서 우리는 죽은 이가 어린, 혹은 젊은 나이에 죽었음을 알 수 있다. 때 아니게 불어온 '이른 바람'이라 했으니, 이른바 요절(夭折)인 셈이다. '한 가지에 나고'에서는 죽은 사람과 살아남은 사람이 같은 부모를 가진 혈육임을 알 수 있다. 이 같은 비유가 없었다면 시인의 의지나 기대는 건조한 독백에 그쳤을 것이다. 시는 이처럼 비유를 통해 읽는 이에게 긴장을 준다. 시를 읽는 즐거움은 그 긴장을 즐기는 데서 나오는 것이기도 하다.

이처럼 이 노래의 생명력은 삶의 한 마디에서 만나는 비극을 종교적으로 승화시키는 태도, 그리고 이를 뒷받침하는 탁월한 함축적 비유에 있다 할 것이다.

이상의 세 노래에도 인간이 한 생애에서 피해 갈 수 없는 사랑이나 연모, 사별의 슬픔이 녹아 있다. 인간의 한 생애가 만남과 이별로 교차된다는 점에서, 이는 인간의 영원한 문학적 주제이다. 과거에도 그러했고, 현재에도 그러하며, 미래에도 그러할 것이다.

1. 「서동요」는 선화공주와 인연을 맺으려고 했던 서동의 욕망이 만들어낸 노래이다.
   두 사람의 인연이 맺어졌다는 점을 고려하지 말고 서동의 행위를 평가해 보자.

2. 「헌화가」에서 노인은 자신이 자발적으로 꽃을 꺾어다 바쳤으면서도 마치 수로부
   인이 시켜서 한 일인 것처럼 노랫말을 만들었다. 일상생활에서 어떤 경우에 이런
   일이 있을 수 있는지 생각해 보자.

3. 「제망매가」는 혈육을 잃은 슬픔을 신앙심으로 승화시키는 태도를 보여주고 있다.
   신앙심 외에 슬픔을 승화시킬 수 있는 것이 무엇이 있을지 생각해 보자.

고려인의 삶과 꿈

사모곡

호미도 날이지마는
낫같이 들 리도 없습니다
아버님도 어버이시지마는
위 덩더둥셩
어머님처럼 사랑하실 이가 없습니다.

상저가

덜커덕 방아나 찧어 영차
거친 밥이나 지어 영차
아버님 어머님께 드리고 어영차
남으면 내 먹으리 어영차 어영차.

가시리

가시리 가시리잇고 나난
버리고 가시리잇고 나난
위 증즐가 대평성대.

날러는 어찌 살라 하고
버리고 가시리잇고 나난
위 증즐가 대평성대.

붙잡아 두고 싶지만
선하면 아니 올세라
위 증즐가 대평성대.

서러운 임 보내옵나니
가시는 듯 돌아서 오소서
위 증즐가 대평성대.

작품
해설

사모곡

호미와 낫은 예부터 농경사회에서 생활필수품처럼 쓰이던 농기구이다. 호미는 쇠 날의 앞이 뾰족하고 위는 넓적해 논이나 밭을 매는 데에 제격이다. 낫은 쇠 날이 'ㄱ'자 모양으로 매우 날카로워 곡식, 나무, 풀 등을 베는 데 주로 쓰인다.

여기 고려인들에게도 친숙했을 호미와 낫을 신선하고 재치 있게 표현한 작품이 있다. 바로 「사모곡(思母曲)」이다. 사모곡에서는 아버지의 사랑이 '호미'에, 어머니의 사랑이 '낫'에 비유된다. 과연 어버이의 사랑을 날카로운 호미와 낫으로 비유할 수 있을까? 누가 보아도 의구심이 드는 조합이다. 하지만 이러한 독특함이 사모곡을 감상하는 묘미로 작용한다. 호미와 낫의 생김새를

고분에서 출토된 호미와 낫.
5~6세기 백제 시대의 것으로 추정됨.

떠올리며 본문의 내용을 살펴보자.

지은이는 '호미도 날이지마는 낫같이 들 리도 없습니다.'고 한다. 호미와 낫의 날을 비교하면 낫이 호미보다 더욱 예리하고 날카롭다. 같은 농기구지만 예리함은 낫이 더욱 뛰어나다. 그럴 수밖에 없다. 호미는 땅을 파는 기구이고, 낫은 풀이나 나무를 베는 기구니까. 그러니 이 구절은 호미로 비유된 아버지보다 낫으로 비유된 어머니의 사랑이 더 깊다는 의미로 연결된다.

그렇다면 다시 호미와 낫의 예리하고 날카로움을 어버이의 사랑에 비유한 점에 대해 생각해보자. 시 속에서 예리함과 날카로움은 보통 부정적 의미와 연결된다. 오히려 사랑과는 정반대의 이미지를 지니고 있는 것이다. 사랑이라는 말이 함축하고 있는 따스함, 자상함, 포근함과는 거리가 아주 멀다. 이 점에서 혹자는 이 노래의 미숙함을 엿볼 수 있다고도 한다. 어버이에 대한 사랑을 호미와 낫에 연결 짓기는 다소 무리가 있는 상상력이라 본 것이다.

그러나 사모곡의 작자를 고려해보자. 「사모곡」은 호미와 낫의 비유로 보아 평민계층이 지었을 가능성이 크다. 호미와 낫을 가장 가까이하고 그것들의 특성을 잘 아는 사람은 평민계층이 유력하다. 고려 농민들에게 호미와 낫은 생업을 꾸리는 데 없어서는 안 될 도구였다. 날이 잘 선 낫은 더욱 많은 곡식을 손쉽게 수확할 때 쓰기 알맞고, 보다 둔탁하게 생긴 호미는 씨앗을 심기에 알맞다. 이 때문에 날카롭고 예리한 호미와 낫은 그들에게 부정적인 느낌이기보다 오히려 긍정적일 수 있었을 것이다. 어버이에 대한 사랑을 호미와 낫에 비유할 수 있었던 것은 이런 이유 때문이었을 것이다.

그렇다면 한 걸음 더 옮겨 지은이가 아버지의 사랑보다 어머니에 대한 사랑을 더욱 애틋하게 여긴 이유는 무엇일까? 옛 노래의 속살을 살펴보는 데는 배경 설화가 큰 도움을 준다. 그런데 아쉽게도 「사모곡」의 창작 배경을 알려주는 설화는 없다. 다행히 신라 시대에 불렀다는 「목주가(木州歌)」가 「사모곡」과 유사한 내력을 가지고 있는 것으로 추정되는데, 이 「목주가」의 설화를 참고하면 「사모곡」의 속살을 더 깊이 볼 수 있을 것 같다.

설화의 내용은 이렇다. 목주는 오늘날의 충청남도 천안시 목천으로 이곳의 효녀가 「목주가」를 지었다. 딸은 아버지와 계모를 섬겨 효녀로 알려졌는데, 아버지는 계모의 모함에 혹하여 딸을 내쫓았다. 딸이 차마 떠나지 못하고 남아서 부모 봉양하기를 게을리하지 않았다. 부모가 더욱 노하여 다시 내쫓자, 딸은 부득이 하직인사를 하고 떠났다. 어느 산중에 이르러 바위굴 안에 있는 노파를 발견하고는 마침내 자신의 사정을 말하고 더부살이라도 할 수 있도록 해달라고 청했다. 노파는 가엾이 여겨 허락하였다. 그녀는 노파를 부모처럼 섬기니, 노파도 그녀를 사랑하여 며느리로 삼았다. 이후 부부가 협심하여 근검절약한 덕에 부자가 되었다. 딸은 부모가 몹시 가난하게 산다는 소식을 듣고 자기 집으로 모셔다가 지극히 봉양하였으나, 그래도 부모는 기꺼워하지 않으므로 이 노래를 지어 자신의 신세를 원망하였다.

「목주가」의 효녀는 끝까지 부모를 봉양하기 위해 정성을 다했지만 마지막까지 마음을 얻지 못한 데서 오는 슬픔이 있다. 이 점이 「사모곡」

화자의 슬픈 심상과 부합하고 「사모곡」의 근원설화가 목주 이야기일 것이라는 데 힘을 실었다. 그러나 반드시 목주 이야기가 사모곡의 근원설화라고는 할 수 없다. 현재까지도 중요한 덕목인 효(孝)가 당시 고려인에게도 큰 영향을 끼쳤을 것이다. 「사모곡」은 이러한 고려인의 사상이 충실히 반영된 결과로 볼 수 있다. 나아가 이것이 후세에 전해 내려오면서 각기 그 시대의 곡조와 내용에 맞도록 조금씩 바뀌거나 걸러졌을 것으로 짐작할 수 있다. 중요한 것은 「사모곡」에서 고려인의 삶 속에 깃든 어버이에 대한 마음을 느낄 수 있다는 점이다.

우리가 「사모곡」을 감상할 때 주목해야 할 것은 효녀나 효자로 대변되는 당시 평민 계층의 심사일 것이다. 평민 계층에 친숙한 농기구인 호미와 낫으로써 어머니의 절대적인 사랑을 묘사한 소박한 심사는 당대 고려인들의 삶과 정서를 가늠할 수 있는 중요한 단서이다.

상저가

다음으로 소개할 작품 또한 고려인의 정서가 잘 드러나 있다.

서로 상(相), 공이 저(杵), 노래 가(歌), 즉 서로 절구를 찧으며 불렀던 노래라는 뜻의 「상저가」이다. 「상저가」는 곡식을 먹기 위해 껍질을 벗겨내거나 알곡을 부수어 가루로 만드는 일을 소재로 삼은 노래이다.

이 노래는 방아 찧는 소리를 표현한 의성어 '덜커덕'으로 시작된다. 방아를 찧어 아버님과 어머님에게 바치자는 구절에서는 그들의 정성과 효심이 느껴진다. 또한 아버님과 아버님께 바치고 남은 것을 내가 먹겠다는 부분에서는 그들의 애환까지 느낄 수 있다.

절구로 방아를 찧는 장면

「상저가」의 성격이나 주제에 관한 견해는 몇 갈래로 나누어져 있다. 가장 일반적인 견해는 방아를 찧어 부모에게 봉양하겠다는 고려 사람들의 소박한 효심을 노래한 것으로 보는 것이다. 이와 달리 이 노래를 노동요로 보기도 한다. '덜커덕'과 같은 의성어나 '어영차', '영차'와 같이 흥을 돋우기 위한 구를 알맞게 구사한 것을 그 근거로 삼는다. 또 당시의 가난과 궁핍을 노래한 것으로 보기도 한다. 이러한 견해는 부모에게 바치고 남은 것을 자신이 먹겠다는 내용과 연결 지어 생각해볼 수 있다. 당시에도 넉넉하지 않은 살림살이를 엮어가는 가난한 사람들이 있었을 터이므로, 이 견해도 어느 정도는 설득력을 지닌다.

여기서 우리가 굳이 이 노래의 주제나 성격을 하나로 정해 둘 필요는 없다. 세 가지 모두일 수 있기 때문이다. 우리 민족이 대대로 중요하게 여겨왔던 부모에 대한 공경이 있고, 노동의 고통을 이기려는 흥도 보이고, 가난한 살림살이에서 오는 시름도 보이기 때문이다. 고통도 시름도 노래로써 풀어왔던 고려인의 삶과 지혜를 보여주는 것만으로도 이 노래는 충분한 가치를 지닌다.

가시리

그리 넉넉한 살림살이는 아니었지만 그들의 삶을 사랑했던 고려인들. 이제는 그들의 다른 사랑을 살펴보고자 한다. 바로 남녀 간의 사랑이다. 시대를 떠나 언제나 삶의 중요한 부분을 차지하는 남녀의 사랑. 사랑이라는 말은 항상 아름답게 느껴지지만, 사랑의 끝엔 어김 없이 이별이 따라오기도 한다. 사랑하는 사람 사이의 이별은 언젠가는 찾아오는 법이고, 그 아픔 또한 피할 수 없는 법이다. 「가시리」는 인간사의 필연적인 한 사건, 사랑하는 사람과의 이별이라는 한 장면을 압축적으로 보여주고 있다.

「가시리」는 어떤 남녀의 이별을 생생히 전한다. 그것도 그 어떤 문학적으로 세련된 표현도 없는 소박한 말투로 전한다. 임을 떠나보내는 이가 남성인지 여성인지는 사실 정확히 알 수 없다. 대부분 화자가 여성일 것이라는 추측이 일반적이지만 뚜렷한 근거는 없다. '남자는 배, 여자는 항구'와 같은 대중가요의 가사가 그러하듯, 떠나는 사람이 남자일 것이라는 짐작은 우리의 관념일 뿐이다. 여성이 이별을 앞두고 있을 때 서러워진다면, 남성 또한 마찬가지 심사일 것이다.

「가시리」의 화자는 사랑하는 연인과의 이별을 슬프게 하소연하고 있다. 특이한 점은 이별에서 오는 아쉬움을 매우 직설적으로 드러낸다는 것이다. 자신의 감정을 돌려서 말하지도 않고, 함축적으로 표현하지도 않는다. 이 노래의 매력은 여기에 있다. 이 노래가 가진 공감대가 넓다면 바로 이 점 때문이라 할 것이다. 떠나는 연인을 붙잡지 않는다. 다만 감정을 최대한 절제하며 재회를 기약할 따름이다. 떠나는 연인을 붙잡지도 않고 애원하며 매달리지도 않기에 더욱 애절하고 애틋해지는 것이다. 혹시라도 붙잡게 되면 영영 오지 않을까 하는 염려마저 순박하기 짝이 없다.

이별을 맞이한 연인이 있다. 한 사람은 아직 상대방을 사랑하지만 이별을 선고한 이는 그렇지 않다. 이미 움직여 떠날 준비를 마친 것이다. 「가시리」에 나타난 연인들의 모습도 그러하다. 이별을 선고한 연인은 언제든 떠날 수 있고 그를 아직 사랑하는 화자는 따라 나설 수도 없다. 화자는 사랑 앞에서 약자일 뿐이다. 결국 '가시는 듯 돌아서서 오소서' 하는 바람만이 남는다. 혹시 모를 일이다. 그 가냘프고 여린 애원이 오히려 임의 발길을 돌리는 커다란 힘이 될 수도 있을지.

참고로 각 연마다 반복되고 있는 '위 증즐가 대평성대'는 이 노래가 궁중에서 연행되면서 첨가된 구절로서, 노래 전체의 정서나 분위기와는 무관하게 음악적 기능을 주로 맡고 있는 후렴구로 이해하면 되겠다.

지금까지 살펴본 고려가요 세 편은 당대 고려인의 삶을 대하는 태도, 그리고 일과 사랑이 지금의 우리와 많이 다르지 않음을 보여준다. 오히려 아주 많이 닮아 있다. 고된 노동 속에서 즐거움을 찾고, 궁핍한 살림살이에도 가족과의 따뜻한 밥 한 끼를 꿈꾸며, 사랑하는 사람과 헤어지면서 아픈 가슴을 억누르는 모습. 먼 옛날이라고 해서 우리와 다를 것이라는 생각은 편견이다. 우리가 잊지 말아야 할 것은, 과거 그들의 삶이 있었기에 현재 우리의 삶도 있다는 점, 그리고 우리가 바로 그들의 삶을 배워서 우리의 삶을 누리고 있다는 점이다.

1. 「사모곡」에서 호미와 낫의 비유가 적절한가에 대한 자신의 생각을 말해 보자. 적
   절하지 않다면, 다른 비유로 부모님의 사랑을 표현해 보자.

2. 「상저가」는 방아 찧기를 하며 부른 노래로 추정된다. 오늘날에는 노동을 하면서
   부르는 노래가 왜 없을지 추측해 보자.

3. 사랑하는 연인을 떠나보내는 태도를 기준으로 「가시리」와 상반되는 오늘날의 대
   중가요 노랫말을 찾아 비교해 보자.

시조에
대하여

　시조는 대체로 고려 후기에 생성되어서 오늘날에도 계속 전승되고
있는 우리 고유의 정형시입니다. 처음에는 주로 양반들이 짓고 부르던
것이 조선 영·정조 이후에는 양반보다 더 하층인 중인들까지 즐기게
되었습니다. 다양한 사람들이 즐겼던 만큼 수많은 이야기가 이 노래에
담겨 있습니다. 나라를 걱정하는 마음, 사랑과 이별의 애환, 자연 속에
서 노니는 즐거움, 인간답게 사는 길 등등 다양한 주제들이 형상화되어
있습니다.

　시조는 형식상 평시조, 엇시조, 사설시조로 나눌 수 있습니다. 평시조
는 세 개의 장으로 구성됩니다. 한 장은 대체로 3~4음절이 네 번 반복
되어 이루어집니다. 다른 곳은 음절수가 어느 정도 변할 수 있지만, 종
장의 첫 구는 3음절, 두 번째 구는 5음절로 고정되어 있습니다. 평시조
의 형식에서 조금 벗어나 둘째 줄이 네 토막에서 여섯 토막으로 늘어나
면 엇시조라 합니다. 변형의 정도가 더욱 심해서 두 줄 이상이 여섯 토
막으로, 어느 한 줄이 여덟 토막으로 늘어난 것부터는 사설시조로 칩니

다. 그러나 엇시조도 사설시조도 종장의 첫 구는 평시조와 마찬가지로 3음절을 지킵니다.

시조는 비교적 짧은 정형시로서 노래로 가창되었습니다. 그러다 보니 구비문학으로서의 성격이 강합니다. 비슷한 구절이 여러 작품에 동시에 나타나기도 하고, 입으로 전해지다 보니 작가가 누구인지 명확하지 않은 경우도 많습니다. 몇 명이 함께 모여 서로 주고받으면서 부르고, 그것이 입을 통해 다른 지역, 다른 사람들에게 전파되었기 때문입니다.

오늘날까지 전해지는 시조는 약 5,000수 정도입니다. 연시조를 제외한 대부분의 작품에는 제목이 없습니다. 그 많은 작품에 일일이 제목을 달 수도 없었을 테지요. 그중에서도 이해하기 쉽고 공감하기 쉬운 노래를 주제별로 묶어 봤습니다. 차근차근 읽다 보면, 시조가 왜 오늘날까지도 지속해서 창작되고 있는지를 짐작해 볼 수 있을 것입니다.

노래로 대결하기

하여가(何如歌)

이런들 어떠하며 저런들 어떠하리
만수산(萬壽山)* 드렁칡이 얽혀진들 어떠하리
우리도 이같이 얽어져 백년까지 누리리라.

– 이방원

단심가(丹心歌)

이 몸이 죽고 죽어 일백 번 고쳐 죽어
백골(白骨)이 진토(塵土)*되어 넋이라도 있고 없고
임 향한 일편단심(一片丹心)이야 가실 줄이 있으랴.

– 정몽주

까마귀 싸우는 골에 백로(白鷺)야 가지 마라
성낸 까마귀 흰빛을 새오나니*
청강(淸江)에 깨끗이 씻은 몸을 더럽힐까 하노라.

— 정몽주 어머니

까마귀 검다 하고 백로(白鷺)야 웃지 마라
겉이 검은들 속조차 검을쏘냐
아마도 겉 희고 속 검을손 너뿐인가 하노라.

— 이직

*만수산 : 고려의 수도였던 개성부근의 송악산을 가리키는 별칭.
*진토 : 티끌.
*새오나니 : 샘을 내다. 샘을 내니.

작품
해설

하여가 · 단심가

「하여가」와 「단심가」는 창작 동기와 작가 의식이 뚜렷하게 드러난 시조 문학이다. 고려 말 조선 건국을 주도한 이성계의 아들 이방원과 이에 맞선 고려의 마지막 충신 정몽주. 이들은 결코 타협할 수도 화합할 수도 없었다. 포은 정몽주는 혼란스럽고 다사다난했던 고려 말에 기울 어져 가는 국운을 바로잡으려 갖은 노력을 기울이고 있었다. 반면 위화 도 회군 이후 영향력이 높아진 이성계를 새로운 왕으로 추대하려는 움 직임이 정도전 등을 중심으로 커지고 있었다. 그 혁명의 중심에 이성계 의 다섯째아들 이방원이 있었다.

이들의 사태를 예의 주시하고 있던 정몽주에게 기회가 생겼다. 이성 계가 황주에서 사냥하다가 낙마하여 부상을 당했던 것이다. 정몽주는 기회를 틈타 이방원을 비롯한 반역의 주역들을 제거할 계획을 세우고 정세를 엿볼 겸 병문안을 갔다. 이때 이방원은 손님접대를 극진히 하였 다. 그는 정몽주가 백성의 지지를 한 몸에 받는 인물이므로 섣불리 그를 해쳐서는 역적으로 오해받게 된다는 사실을 누구보다 잘 알고 있었다.

그 자리에서 이방원이 그의 심중을 떠보기 위해서 읊은 노래가 바로 「하여가」이다. 초장의 '이런들 어떠하며 저런들 어떠하리'에서 정치하는 사람들의 기회주의적 처세술을 엿볼 수 있다. 훗날 어떤 이는 이를 두고 이렇게 보면 이렇게 볼 수도 있고 저렇게 보면 저렇게도 볼 수 있다는, 삶의 유연성으로 풀이하기도 했다. '하여가'라는 노래 제목의 '하여'는 '어떤가'라는 뜻을 지니고 있는데, 바로 이 구절에서 나온 것이다. 중장에서는 '만수산 드렁칡이 얽혀진들 어떠하리'라 하여 충신이니 역적이니 할 것 없이 시대의 대세에 따라 자신들과 뜻을 함께할 것을 권한다. '만수산'은 고려의 수도였던 개성 부근의 송악산을 가리키는 별칭이다. '만수'에는 오래도록 산다는 의미가 있으므로, 종장의 '백년토록 살아보리라'는 의지와 조화를 이룬다. 마지막 종장에는 정몽주를 향한 이방원의 정치적 구애가 그 어떤 부탁의 말 한마디보다 더 간절하게 담겨 있다.

이에 정몽주는 이방원의 술잔을 받으며 「단심가」로 화답하였다. 초장에서 죽고 또 죽어 백번을 고쳐죽는다는 표현으로 자신의 굳은 의지를 드러낸다. 살은 썩고 흰 뼈(백골)가 으스러져 티끌(진토)이 되어서 넋이 있든 없든 고려를 향한 충절은 변하지 않겠다는 냉철하고도 단호한 결심을 나타내고 있다. 매우 단호하게 방원의 제의를 뿌리치는 정몽주의 뜻을 안 이상

개성에 있는 선죽교

더 이상 이방원은 망설임이 없었다. 그날 밤 정몽주는 선죽교에서 이방원의 심복 조영규에 의해 철퇴를 맞고 살해당한다. 자신의 목숨이 풍전등화임을 알면서도 피하지 않고 운명을 기꺼이 받아들였던 것이다. 이렇듯 「단심가」는 포은의 용기와 우국충절이 투명하게 드러나 있는 시조이다.

우리 선조들은 한 나라의 흥망을 앞둔 정적들임에도 요즘의 정치인들처럼 몸싸움과 욕설이 아닌 노래로써 대결하는 멋과 여유를 지니고 있었다. 혀 속에서는 서로 칼을 갈면서도 그것을 입 밖으로 드러낼 때는 비유와 풍자로써 맞설 수 있는 멋과 여유를 명백히 보여주는 두 작품이다.

재미있는 것은 두 작품의 말소리이다. 「하여가」에는 'ㄹ' 음이, 「단심가」에는 'ㄱ' 받침이 자주 등장한다. 'ㄹ' 음은 물이 흐르는 듯한 느낌을 주는 반면, 'ㄱ' 음은 꽉 막아버리는 소리이다. 이렇게나 저렇게나 되는 대로 살아 보자는 「하여가」의 주제와 어울리는 소리로는 'ㄹ'이 으뜸이다. 반면에 'ㄱ'은 그 자체로 죽음을 무릅쓴 단호한 거절을 대변하는 소리이다. 이 역시 「단심가」의 주제와 딱 맞아떨어진다. 아마도 우리말을 모르는 외국인이 두 노래를 듣는다 해도 그 주제를 대충은 짐작할 수 있을 것이다. 시는 이처럼 발음되는 소리마저도 섬세하게 포착한다.

이 두 노래는 후대 사람들이 지어서 이방원과 정몽주라는 이름을 작가로 올렸다는 설도 있다. 당대의 문집이나 서적에 두 인물이 지었다는 기록이 전혀 없고, 노래로 뜻을 물어보거나 자신의 의지를 밝히는 것이 절박하고 엄혹한 상황과 맞지 않다는 판단이 그 근거이다. 후대 사람들이 정몽주의 충심을 높이고자 하는 의도에서 이야기를 만들면서 두 노래를 지었던 것이 아닌가 하는 것이다. 어느 쪽이 옳은지는 현재로서 확인하기 어렵다. 다만 그렇다 하더라도 정몽주의 빛나는 절개를 후대 사람들이 대대로 칭송해 왔다는 점만은 변하지 않는 사실이다.

까마귀 싸우는 골에~ / 까마귀 검다 하고~

한편 정몽주가 선죽교에서 피살되던 날 아침, 그의 노모는 지난밤의 흉몽을 들어 이성계 일파에게 변을 당할지 모르니 병문안을 차후로 미루도록 아들에게 간곡히 권고하며 이 노래를 불렀다.「까마귀 싸우는 골에~」는 까마귀와 백로의 대비를 통해 고결한 몸가짐을 당부하는 노래이다. 정권을 찬탈하려는 이성계의 무리들은 까마귀요, 이에 맞서 충절을 지키려는 정몽주는 백로라는 것이다. 그래서 이 시조는 '백로가'라는 별칭도 지니고 있다.

'청강'은 옛날 중국에 있던 푸르고 맑은 강으로, 지조 있는 선비들이 부패한 권력 등으로부터 유혹을 받으면 여기서 귀를 씻었다고 알려진 강이다. 청강에서 깨끗이 씻은 백로 같은 정몽주를 까마귀같이 시커먼 무리들이 시기하여

백로

해칠까봐 노모는 걱정했던 것이다. 본래 안 좋은 예감은 잘 맞는 법이다. 어머니의 만류를 뒤로 한 채 이성계의 병문안을 다녀오다 돌아오는 길에 아들은 철퇴를 맞고 목숨을 잃었다.

이 시조에 맞서는 의미로 까마귀와 백로의 이미지를 전혀 상반되게 그려낸 노래가 있다. 고려 말에 예문관제학(藝文館提學)*을 지냈고 조선의 개국공신으로 이조판서를 거쳐 태종 치하에서 영의정까지 지낸 이직의 노래이다. 「까마귀 검다 하고~」는 결국 두 왕조를 섬긴 자신을 항변하는 시조라고 할 수 있다.

*고려시대 예문관(藝文館)에 소속된 관직. 주로 임금의 말씀이나 명령을 대신하여 짓는 일을 맡았다.

포은 선생 추모 시비(서울 삼청공원)

정몽주 어머니의 시조에서 까마귀는 음흉한 역도들을 의미하고 백로는 고고한 선비였다. 그러나 이직의 시조에서는 이를 뒤집어 까마귀를 자신을 비롯한 개국공신에 빗대었다. 주변에 백로인 양 하는 세력들에게 자신이 겉보기처럼 음흉하고 간교한 인간이 아니라며 항변한 것이다.

시조 초장의 '백로야, 웃지 마라'는 구절은 정몽주 어머니의 '백로야, 가지 마라'를 변형시킨 표현이다. 문장의 구조는 그대로 유지하되, 부분적인 변화를 더하여 패러디한 것이다. 역사적 배경을 염두에 두면 이 시조는 '백로가'에 대한 답가로도 볼 수 있다. 비록 이직이 정몽주 어머니 시조를 염두에 두고 지었다는 정확한 근거는 없지만 두 시조가 서로 대립적인 구도라는 점에서 이러한 해석도 충분히 가능하다. 결국 이 시조는 자기 합리화를 위한 노래로 볼 수 있다. 작자는 고려의 충신들이 보면 반역자요, 조선의 입장에서 보면 개국공신이다. 고려의 신하로서 새 왕조에 공신으로 등극하였던 이직은 변절자라는 마음의 짐을 덜기 위해 이 시조를 지은 것은 아닐까?

물론 이직 자신의 처신이 올바르지 않다는 판단도 주관일 뿐임을 함께 생각해야 할 것이다. 실제로 어느 TV 프로그램에서 이 시조를 토대로 까마귀의 속살이 희고 백로의 속살이 검다는 것이 사실인지 확인해 보았다고 한다. 확인 결과 까마귀의 겉과 속이 다르다는 점이 밝혀지기도 했다. 작가가 이 사실을 알고 지었든 모르고 지었든, 예나 지금이나 겉으로 나타난 모습만으로 한 인간을 어떻다고 단정하는 것은 곤란하지 않을까.

흥미롭게도 이 두 노래 또한 정몽주의 모친과 이직이 아닌 후대 사람들이 지었다는 추정이 있다. 「하여가」와 「단심가」의 짝이 그러했던 것처럼, 후대 사람들이 전설을 만들면서 이 노래들을 지어 역사적 인물들의 이름을 빌린 것이라는 추정이다. 이러한 추정이 맞는다면, 역사는 빛이 바래면서 전설이 되고, 전설은 다시 역사에 노래를 지어 바친 셈이다.

1. 「하여가」의 '우리'와 「단심가」의 '이 몸'을 중심으로, 말하는 이가 상대방을 대하는 태도를 비교해 보자.

2. 「하여가」와 「단심가」는 각각 작가의 소신을 담고 있는 시조이다. 두 사람의 역사적 결과는 생각하지 말고, 어느 쪽이 자신의 생각에 가까운지 판단해 보자.

3. 「까마귀 싸우는 골에~」와 「까마귀 검다 하고~」의 두 작가가 직접 마주 보고 대화를 나눈다면, 어떤 내용으로 대화를 이어갔을지 상상해 보자.

노래로 시름 풀기

노래 삼긴* 사람 시름도 하도 할샤
일러 다 못 일러 불러나 푸돗던가
진실로 풀릴 것이면 나도 불러 보리라.

– 신 흠

매아미 맵다 울고 쓰르라미 쓰다 우니
산채*를 맵다는가 박주*를 쓰다는가
우리는 초야에 묻혔으니 맵고 쓴 줄 몰라라.

– 이정신

*삼긴 : 만든.
*산채 : 산나물.
*박주 : 변변치 못한 술을 낮추어 부르는 말.

작품
해설

　사람은 누구나 걱정거리를 안고 산다. 이렇게 마음에 걸려 풀리지 않고 항상 남아 있는 근심과 걱정을 다른 말로 '시름'이라고도 한다. 우리는 시름이 있을 때 어떻게 풀려 하는지 생각해 보자. 친구나 가족과의 대화를 통해 풀기도 하고, 재미있는 일을 찾아 거기에 몰두하기도 한다. 노래를 듣거나 부르는 것도 한 방법이다. 이번에 살펴볼 작품은 이러한 여러 방법들 중 노래를 통해 시름을 풀고자 한 것이다.

노래 삼긴 사람 시름도~

　「노래 삼긴 사람 시름도~」에는 오늘날 쓰이지 않는 옛말이 포함되어 있으므로 뜻부터 풀어보자. '삼긴'은 '만든'으로 보면 된다. '하다'는 '많다'는 뜻이므로 '하도 할샤'는 '많기도 많구나'로 옮기면 된다. '푸돗던가'는 '풀었던가'로 이해하면 대체로 무방하다. 그러니까 노래를 처음 만든 사람은 얼마나 시름이 많았기에, 이야기로는 도저히 못 풀었던 시름을 풀기 위해 노래까지 만들었을까, 노래가 시름을 푸는 데 그처럼 효험이 높으니 나도 노래를 불러 시름을 풀어 보리라 하는 뜻을 지닌 작품이다.

이 작품을 지은 신흠은 조선 중기의 문신으로 간결한 성품과 뛰어난 문장으로 당대 선조의 신망을 받았던 인물이다. 그는 뛰어난 문장력으로 외교 문서도 작성하고 시문도 정리했던 사람이다. 이렇게 뛰어난 인재였던 인물이 도대체 어떤 시름이 있었기에 노래를 지어 시름을 풀고자 했을까? 이를 알기 위해서는 작자가 살았던 시대에 대한 이해가 필요하다.

신흠이 살았던 시대는 혼란과 격동의 시기로 수차례 왜군의 침략과 전쟁이 있었다. 또한 지배층의 분열로 크고 작은 정치적 사건들이 줄을 이었다. 사건들의 고비마다 신흠은 그 중심에 있었고, 그 결과 그는 벼슬과 품계를 빼앗겨 벼슬아치의 명부에서 이름을 삭제당하고 유배를 떠나야 했다. 일평생 이룩해놓은 자신의 업적이 한순간 무너지고 주변부로 내몰려야 했던 신흠에게 자신의 처지는 한 마디로 '시름'이었을 것이다.

이러한 신흠의 시름을 염두에 두고 작품을 자세히 살펴보자. 초장과 중장에서 노래를 만든 사람은 시름이 많아 말로는 뜻한 바를 다 풀지 못하고 결국 노래를 불러 맺힌 바를 풀었다고 한다. 이야기로도 풀지 못했던 시름을 노래로 풀었다고 한 점에서 신흠은 '바로 이것이다'라고 생각했을 것이다. 현재 자신의 시름을 푸는 방법에는 노래가 제격이라고 느낀 것이다. 이는 종장의 '진실로 풀릴 것이면 나도 불러 보리라'는 구절을 통해 알 수 있다. 자신의 시름이 진실로 풀린다면 나도 노래를 불러 풀어 보겠다는 간절한 마음을 드러내고 있다.

노래는 주로 즐거울 때 부른다. 반면 이 작품에서는 시름을 풀기 위해 노래를 부른다고 했다. 가슴에 맺힌 시름을 말로는 다 풀 수 없었기 때문에 이를 풀기 위한 방법으로 노래를 지목한 것이다. 슬픈 가사의 노래를 들으면 자연스레 그 감정에 동화되고 신나는 노래를 들으면 절로 어깨가 들썩인다. 그래서 사람들은 좀 더 즐겁기 위해 신나는 노래를 찾아 듣는다. 나아가 슬픈 감정에 위안을 얻기 위한 방법으로 노래를 듣기도 한다. 노래 속에는 희로애락을 포함한 사람의 모든 감정이 고스란히 스며있기 때문이다. 삶의 모든 감정을 포용하고 소화하는 노래의 힘을 우리 조상들은 익히 알고 있었던 것이다. 그런 의미에서 노래를 통해 시름을 풀고자 했던 선택은 극히 자연스러운 것이었다.

매아미 맵다 울고~

「매아미 맵다 울고~」는 또 다른 방식의 시름 풀기 노래이다. 이정신의 작품으로 그는 조선 영조 때부터 노래를 잘 부르고 짓는 것으로 유명했다. 벼슬로는 오늘날 군수와 유사한 현감을 지냈을 뿐이다.

여름철 집에 있을 때나 길을 걸을 때나 어김없이 들려오는 소리가 있다. 바로 매미 소리이다. 요즘은 공해에 가까울 정도로 시끄럽게 밤낮으로 운다. 여기서 '매아미'인 매미는 누구나 잘 알지만 '쓰르라미'는 상대적으로 낯설다. 쓰르라미는 참매미와 비슷한데 몸집이 작다. 몸빛깔은 녹색바탕에 검은색 또는 적갈색 반점이 있고 날개는 투명하며 녹색을 띤다. 주로 저녁에 풀밭에서 울기 때문에 저녁매미로 불린다.

작가는 매미와 쓰르라미라는 단어 자체에 주목한다. 맴맴 하고 우는 매미는 매운맛 때문에 울고, 쓰르쓰르 하고 우는 쓰르라미는 쓴맛 때문에 운다고 보았다. 매미와 쓰르라미라는 이름을 맵고 씀의 미각으로 형상화해 낸 점이 매우 기발하고 신선하다. 매미와 쓰르라미의 생물학적 특성에 주목한 것이 아니라 이름과 울음소리에 주목한 결과이다.

이제 중장과 종장을 살펴보자. 중장에서 '산채'는 산나물이고 '박주'는 변변치 못한 술을 낮추어 부르는 말이다. 기름진 반찬도 아니며 그렇다고 고급스러운 술도 아닌 산채와 박주를 먹고 마시는 시인은 이것들 모두 맵지도 쓰지도 않다고 했다. 만일 작품의 작자가 누구인지를 가려 놓고 본다면, 미루어 짐작건대 화자는 형편이 그리 넉넉지 않은 평민일 것으로 볼 수도 있다. 또는 속세를 떠나 시골에서 숨어 사는 선비일 수도 있다. 이는 변변치 않은 산채와 나물 그리고 작품에 나타난 '초야'란 단어에서도 알 수 있다. 초야는 시골의 궁벽한 곳을 이르는 말이기 때문이다.

이제 「매아미 맵다 울고~」를 다시 읽어보자. 작품을 읽다 보면 유사한 구절이 반복되고 있음을 알 수 있다. '매아미 맵다 울고 쓰르라미 쓰다 우니', '산채를 맵다는가 박주를 쓰다는가'와 같이 초장과 중장 각각의 음절이 서로 대칭을 이루고 있다. 이렇게 유사한 음절을 일정한 수로 배열하는 까닭은 운율감을 살리기 위해서다. 이렇게 형성된 운율감은 음악성을 살려 풍부한 감정을 전달하는 데 효과적으로 기여한다. 운율감이 있는 작품이 독자에게 좀 더 친근하게 다가오는 까닭도 이 때문이다.

이제 이 노래가 시름을 풀기 위한 노래로 꼽힌 이유를 알아볼 차례이다. 내용을 살펴보면 화자는 현재 자신에게 주어진 삶에 만족하는 태도를 보이는 듯하다. 산채와 박주도 맵고 쓴 줄 모르고 즐기기 때문이다.

하지만 달리 생각해보자. 우리는 종종 있는 그대로를 솔직하게 표현하기도 하지만 우회적으로 자신의 의도를 드러내기도 한다. 「매아미 맵다 울고~」의 작자도 충분히 그럴 가능성이 높다. 절대 달갑지 않은 쓰디쓴 현실을 있는 그대로 부정하지 않고 돌려 말하는 것이다. 맵고 쓰다는 표현을 쓴 점과 산채와 박주를 등장시킨 점에 주목하면, 시인은 맵고 쓴 현실 앞에서 좌절한 인물일 것으로 추정해 볼 수 있다.

「노래 삼긴 사람 시름도~」와 「매아미 맵다 울고~」 두 작품의 가장 큰 특징은 우리 옛말의 맛깔스러움을 온전히 느낄 수 있다는 점이다. 여기에 시름을 풀기 위한 방법을 신선하게도 풀어낸다는 공통점도 있다. 시름이 밀려오면 곧바로 지치거나 좌절하지 말고 노래를 불러서 재치 있게 극복하라는 선조들의 지혜가 바로 두 작품에 고스란히 녹아 있는 것이다.

한 걸음 더

1. 「노래 삼긴 사람 시름도~」와 마찬가지로 시름을 풀기 위한 방법이 담긴 내용의
대중가요 노랫말을 찾아보자.

2. 시름이 있을 때 자신이 듣는 노래가 무엇인지 그 제목을 적고, 이유를 말해 보자.

3. 〈보기〉에서 두 가지 골라 「매아미 맵다 울고~」의 작품처럼 의성어를 이용한 작
품을 지어 보자.

1. 참새   2. 부엉이   3. 소쩍새   4. 제비   5. 까마귀   6. 까치

자연과 전원, 그리고 인간

청산도 절로절로 녹수도 절로절로
산 절로 수 절로 산수 간에 나도 절로
그 중에 절로 자란 몸이 늙기도 절로 하리라.

　　　　　　　　　　　　　　　　－ 김인후

십 년을 경영하야 초려삼간 지어내니
나 한 간 달 한 간에 청풍 한 간 맡겨 두고
강산은 들일 데 없으니 둘러 두고 보리라.

　　　　　　　　　　　　　　　　－ 송 순

비 오는데 들에 가랴 사립 닫고 소 먹여라
장마가 매양이랴 쟁기 연장 다스려라
쉬다가 개는 날 보아 사래* 긴 밭 갈아라.

＿ 윤선도

동창이 밝았느냐 노고지리 우지진다
소치는 아이는 상기* 아니 일었느냐*
재 너머 사래 긴 밭을 언제 갈려 하느냐.

＿ 남구만

*사래 : 밭에서 골을 이루는 고랑과 높이 흙을 돋워 작물을 키울수 있는 이랑.
*상기 : 아직.
*일었느냐 : 일어났느냐.

작품
해설

풍류(風流)라는 말을 들어 보았을 것이다. 한자의 뜻을 존중하면 바람의 흐름이지만, 사전에서는 '풍치가 있고 멋스럽게 노는 일' 또는 '운치가 있는 일'로 풀이한다. 세속적인 욕망과는 거리를 두고 자연을 가까이하는 삶의 자세가 깔려 있다. 조상들이 남긴 시나 그림의 소재로 자연이자주 등장하는 까닭도 여기에 있다.

청산도 절로절로~

「청산도 절로절로~」의 작가는 책에 따라 하서(河西) 김인후의 작품이라고도 하고 우암(尤庵) 송시열의 작품이라고도 한다. 송시열은 조선후기 정치계와 사상계를 호령했던 인물이다. '청구영언' 등에 이 시조의 작가가 송시열로 소개되어 있어 그동안 송시열의 작품으로 소개되어 왔다. 그러나 같은 시조가 조선 중기의 문신이며 인종의 스승이었던김인후의 시문집 『하서전집』에 실려 있다. 그래서 원래 작가는 김인후이며 송시열은 한자로 표기된 시조를 한글로 각색한 것이라고 보기도한다.

시조를 보면 산의 푸름과 물의 푸름이 '절로절로' 이루어지고 있다. 재미있는 것은 산과 물만이 아니라 화자도 '절로절로' 자라고 늙고 있다는 사실이다. 제아무리 뛰어난 사람이라도 자연의 이치를 거스를 수는 없다. 겨울이 가고 봄이 오면 생명의 씨앗이 움트듯이 인간도 그러한 탄생의 순간이 있다. 그리고 봄 뒤에 푸른 여름이 와 무성한 잎으로 가득하게 되는 것처럼 인간도 무럭무럭 자라나 꿈을 펼치는 시기가 있다. 하지만 시작이 있으면 끝이 있듯이 가을의 낙엽처럼 아스라이 스러져 가는 순간이 우리의 삶에 찾아온다. 작가는 이렇게 계절의 변화를 겪는 자연을 보면서 인간의 삶을 생각한 것으로 보인다.

화자는 자연과 멀리 떨어져 있지 않다. '산수 간', 즉 산과 물 사이라고 표현한 것으로 보아 자연과의 거리가 가깝다. 멀찌감치 떨어져 자연은 자연대로 나는 나대로 사는 것이 아니다. 화자는 자연으로 대표되는 산과 물이 있는 곳에 있다. 이는 자연을 즐기는 대상으로만 보지 않는다는 것을 뜻한다. 자연의 아름다움과 그 속에서 자연의 섭리에 순응하고 있는 인간의 모습이 보인다. 거기에 시조에서 '절로'가 반복되면서 물 흐르듯 자연스럽게 자연에 몸을 맡기는 느낌이 들게 한다. 'ㄹ'은 흔히 유음(流音), 즉 흐르는 소리라 하는데, '절로'는 'ㄹ' 소리 때문에 리듬감과 함께 부드러운 느낌을 동시에 지니고 있다. 물은 저절로 흐르고 산도 저절로 푸르므로, '저절로'의 뜻과도 잘 어울린다. 원래는 '절로 절로'로 띄어서 쓰는 것이 맞춤법에 맞지만, 붙여서 쓰고 붙여서 읽는 것이 훨씬 더 잘 어울린다.

이렇게 자연 속에서 풍류를 즐긴 사람은 흔하게 있다. 그 중의 하나가 강산과 함께 자연의 이치를 따르는 데에서 더 나아가 달과 바람을 집안에 '들인' 사람이다. 「십 년을 경영하야~」는 조선 중기의 문신이자 시조에 뛰어났던 면앙정(俛仰亭) 송순의 작품이다. 「면앙정가」로 우리에게 더 잘 알려진 인물이다. 송순은 벼슬에서 물러나 고향인 담양에 면앙정이라는 정자를 지었다. 그리고 그곳에서 자연과의 교감을 노래한 시조들을 지었다. 면앙정은 당대의 뛰어난 선비들이 풍류를 즐기며 학문을 논했던 곳이기도 했다.

화자는 십 년 동안 무엇인가를 위해 일을 했다. '십 년 동안 부지런히 일했으니 크고 넓은 집에서 떵떵거리고 살겠구나' 하고 생각했다면 오산이다. 정작 본인이 가진 것이라고는 세 칸짜리 초가집이 전부다. 오늘

초려삼간

날의 기준으로 본다면 영락없는 패자의 삶이다. 무능하거나 게으르거나 둘 중의 하나일 것이다. 그러나 화자는 오히려 만족스러운 모습이다. 간(間)을 단위로 보면 가로·세로 1.8m 정도로 한 사람이 누우면 알맞은 크기다. 간을 칸으로 보아도 세 칸밖에 안 된다. 혼자서 지내기에 나쁘지 않은 집이다. 놀라운 점은 이 좁은 집을 화자가 기꺼이 달과 바람에게 내준다는 것이다. 그것도 사이좋게 한 간씩 나눠 가진다. 두 간은 달과 바람에게 맡겨두었으니 집이 꽉 찼다. 그래서 이제 끝났다 싶었는데 강과 산이 남았다. 강과 산은 크기가 어마어마해서 삼간의 초가집에 들어올 수가 없다. 그래서 강과 산은 집 근처에 둘러 두고 보겠다는 기발한 생각을 한다. 마치 병풍처럼 집 주위를 둘러싼 강산의 모습을 상상해보라. 그곳은 바로 신선과 같은 초인들이 사는 곳이 아닐까.

송순은 면앙정에서 고향의 아름다운 모습을 시조로 나타냈다. 자연의 주인이 아닌 친구처럼 보인다. 요즘 사람들은 도시생활에 지쳐 전원생활을 꿈꾼다. 그러나 그 전원생활은 송순의 전원생활과 사뭇 다르다. 우리가 꿈꾸는 전원생활에서 자연은 내 눈을 즐겁게 하는 경치에 불과한 경우가 많다.

그런데 자연을 곧 풍류의 공간으로만 생각하는 것도 좁은 시야라 하겠다. 땀 흘려 노동하는 풍경을 그린 작품들도 많기 때문이다. 시조의 지은이들이 직접 농사일을 하지는 않는다 하더라도, 농민들의 일상에 관한 관심을 작품으로 드러낸 것이다. 조선시대에는 농사를 직접 짓는 것이 당시 지배 계급이었던 사대부들의 일이 아니라고 여겼다.

「비 오는데 들에 가랴~」는 조선시대 대표적인 시가 작가인 고산(孤山) 윤선도가 지은 것이다. 이 시조는 여름철 비가 내리는 농촌을 배경으로 하고 있다. 농사를 짓는 이들에게 여름철의 비는 매우 반가운 손님이다. '쏴아아' 하고 시원하게 내리는 비는 농부들의 더위를 식혀준다. 그리고 농작물이 쑥쑥 자라게 도와준다. 보슬보슬 내리는 비라면 맞으면서 일할 수 있겠지만 여기서 내리는 비는 굵게 떨어지는 장맛비다. 그래서 밭으로 일하러 나갈 수 없다. 일하러 나가지 않으니 집에서 먹고 놀 것 같지만 그렇지 않다. 오히려 농사를 짓는 이들은 비가 그친 뒤에는 할 일이 많아진다. 그래서 미리 준비하는 일들이 몇 가지 있다.

소에게 여물을 주는 일도 그 중의 하나이다. 소는 농촌에서 귀한 재산이자 일꾼이었다. 소가 없으면 인간이 할 수 있는 농사일은 반으로 줄어든다. 매일 반복되는 농사일에 지친 소에게 휴식과 더불어 충분한 영양을 공급할 수 있는 기회였다. 아무리 장마가 길더라도 비가 매일매일 계속 내리지는 않는다. 장마철에도 잠깐씩 개는 날이 있고 그럴 때는 논

이랑

으로 밭으로 나가 김도 매야 한다. 그래서 농기구의 상태를 점검하는 것도 중요하다. 비가 온 뒤에는 농작물뿐만 아니라 반갑지 않은 손님인 잡초도 빨리 자란다. 날이 개면 잡초도

제거하고 매서운 비에 쓰러진 농작물도 다시 세우는 일 등이 그들을 기다리고 있다. 그러니 농기구가 잘 정비되어 있지 않으면 사래 긴 밭을 맬 수가 없는 것이다. '사래'란 밭에서 골을 이루는 고랑과 높이 흙을 돋워 작물을 키울 수 있는 이랑을 아울러 이르는 말이다.

작품 속의 인물은 여름철 농사에 대해 이런저런 말을 하고 있다. 그러나 중요한 것은 화자가 직접 농사를 짓는 인물은 아니라는 것이다. 작품 속의 인물은 각 장 끄트머리의 '소 먹여라', '다스려라', '갈아라' 등의 표현에서 보듯이 누군가에게 일을 지시하고 있다. 이를 보아 화자는 일꾼들을 거느린 양반이나 지주의 신분임을 짐작할 수 있겠다.

동창이 밝았느냐~

「동창이 밝았느냐~」의 지은이 약천(藥泉) 남구만은 조선 후기의 문신으로 영의정까지 지낸 인물이다. 이 작품은 그가 말년에 관직에서 물러나 전원생활을 즐기며 쓴 것이다. 작품의 내용에서 볼 수 있듯이 해가 뜬 농촌을 배경으로 하고 있다.

흔히 종달새로 부르는 노고지리가 우짖는 걸로 보아 봄철을 맞이한 농촌인 것 같다. 농사를 짓는 이들의 하루는 해 뜰 때 시작해서 해 질 때 끝난다. 종달새가 '쪼롱쪼롱' 지저귀는 아침이 오면 농부들은 잠자리에서 일어나 일할 준비를 한다. 동쪽으로 난 창문은 집안에 가장 먼저 햇빛을 들인다. 아침 일찍부터 하늘로 올라가 날개를 펄럭이며 우렁차게 우는 종다리가 알람 역할을 한다. 봄철이 번식기인 종다리는 농사를 짓는 이들만큼이나 바쁘다. 자기 세력권을 지키고 배우자를 찾는다.

농부들도 바쁘다. 농사를 짓는 이들에게 봄은 농사의 시작이다. 그래서 준비할 것도 많고 겨우내 얼었던 땅도 갈아야 한다. 농부들은 따사로운 햇살과 종달새 소리에 눈을 비비며 일어날 것이다. 더 자고 싶지만 할 일이 있기에 이부자리에서 꾸물거릴 수 없다. 다들 일어나 일 나갈 준비를 하고 있는데 소치는 아이가 아직 일어나지 않은 모양이다. 이쪽 저쪽 다니며 소에게 풀을 먹이는 것이 아이의 일이다. 소가 부지런히 밭을 갈게 하려면 잘 먹어야 하기 때문이다. 아이가 늦잠을 자고 있으니 소가 풀을 먹을 시간이 줄어들거나 밭 가는 일이 늦어질 수밖에 없다. 이를 걱정한 화자는 단잠에 빠졌을 아이를 깨운다. 재너머에 있는 밭을 언제 갈려고 아직까지 일어나지 않느냐며 아이를 재촉하고 있다. 오늘날에는 산 하나 넘어가는 것쯤이야 일도 아닐 정도로 교통이 발달했지만, 당시에는 그렇지 못했다. 그러니 아이를 더 재우고 싶어도 일을 제때 시작하려면 깨워야 한다.

이 작품의 화자도 직접 농사를 짓는 인물은 아닌 것으로 보인다. 화자는 '아니 일었느냐', '갈려 하느냐'라고 상대방에게 말을 건네고 있다. 그리고 일이 늦어질 것을 걱정하면서도 본인이 직접 소를 치는 것이 아니라 아이를 깨워야 한다고 말한다. 이로 보아 작품의 화자는 농부가 아니고 양반이나 지주에 가깝다고 볼 수 있다. 이는 지은이 남구만이 사대부였고 영의정까지 지낸 인물이라는 사실에서도 짐작할 수 있다. 앞에서도 이야기했듯이 조선은 농경을 위주로 하는 사회였고 농사가 나라의 바탕이었다. 그러나 농민과 농사에 관한 관심은 조선 초기 작품들에서는 잘 드러나지 않는다. 조선 후기의 윤선도와 남구만은 농민의 삶과 농사에 관심을 기울였고 백성을 사랑하는 마음으로 그들의 생업을 응원해 준 것으로 보인다.

그런데 「비 오는데 들에 가랴~」와 「동창이 밝았느냐~」에 그려진 농사일을 우의적인 표현으로 읽는 시각도 있다. 즉 임금을 모시고 정치에 참여한 사대부답게 농사를 나라를 다스리는 정치 행위를 비유한 것이라는 해석이다. 그렇게 보면 '사래 긴 밭'을 가는 것은 곧 나라를 경영하는 일이 된다. 두 시조에 '사래 긴 밭'을 갈아야 한다는 의무감이 공통적으로 나타난 것을 보면, 이런 해석이 엉뚱한 상상력의 소산만은 아닐 것이라는 생각도 든다.

이상으로 살핀 네 작품 중 「청산도 절로절로~」나 「십 년을 경영하야~」의 경우, 자연을 곁에 두고 풍류를 즐겼다면, 「비 오는데 들에 가랴~」와 「동창이 밝았느냐~」에서는 자연을 노동의 현장으로 보는 시선이 감지된다. 네 작품 모두 자연을 소재로 하는 시조들이다. 그러나 각자가 살아온 삶의 방식이나 생각 등이 달라 자연을 바라보는 눈도 조금씩 달랐다. 조선 후기에 가면 농사일에 직접 뛰어든 가난한 사대부들의 모습도 종종 보인다. 그때의 사대부들은 농민들의 모습과 크게 다르지 않다.

한 걸음 더

1. 「청산도 절로절로~」에서처럼 'ㄹ'음이 자주 등장하는 다른 작품을 찾아 그 효과를 비교해 보자.

2. 「십 년을 경영하야~」에 나타난 화자의 자세가 오늘날에도 의미가 있을지 판단해 보자.

3. 「동창이 밝았느냐~」는 다음과 같이 우의적으로 해석되기도 한다. 「비 오는데 들에 가랴~」의 시인이 당쟁으로 인해 유배를 했다는 점을 고려하여 이 시조도 우의적으로 해석해 보자.

> '동창'을 동쪽에 뜨는 해, 즉 시인이 모셨던 숙종 임금으로, '노고지리'는 당시 조정대신, '우지진다'는 마치 새들이 짹짹거리며 야단스럽게 우는 듯한 중신들의 모습, '소'는 백성, '아이'는 목민관, '언제 갈려 하나니'는 경세치국(經世治國)에 대한 염려와 경계를 비유적으로 표현한 것으로 보기도 한다.

무인의 기개

삭풍(朔風)*은 나무 끝에 불고 명월(明月)은 눈 속에 찬데

만리변성(萬里邊城)*에 일장검(一長劍)* 짚고 서서

긴파람 큰 한소리에 거칠 것이 없어라.

– 김종서

한산섬 달 밝은 밤에 수루(戍樓)*에 혼자 올라

큰 칼 옆에 차고 깊은 시름 하는 차에

어디서 일성호가(一聲胡笳)*는 남의 애를 끊나니.

– 이순신

*삭풍 : 북쪽에서 불어오는 매섭고 찬 바람.

*만리변성 : 서울에서 멀리 떨어진 국경근처의 성.

*일장검 : 한 자루의 긴 칼.

*수루 : 망을 보기 위해 만든 성 위의 누각.

*일성호가 : 한 곡조의 피리 소리.

작품
해설

삭풍은 나무 끝에~

조선 초기까지 여진족은 함경도 지방을 비롯한 우리나라 변방을 자주 침입하였다. 이에 세종은 김종서를 함길도 관찰사로 임명하여 여진족을 물리치고자 하였다. 김종서는 세종대왕의 총애를 한 몸에 받던 신하였다. 그는 문무를 겸비한 명장으로 함경도에 6진*을 설치하여 국경을 침범한 여진족을 격퇴하고 두만강, 압록강을 국경선으로 확정지었다. 「삭풍은 나무 끝에~」는 김종서가 6진을 지키며 지은 시조이다. 김종서 장군의 씩씩하고 호방한 기상이 잘 드러난 시조라 하여 훗날 「호기가(豪氣歌)」라고도 전해진다.

*조선 세종 때 동북 방면 여진족의 침입에 대비하여 두만강 하류 지역에 설치한 여섯 군데의 국방상 요충지.

'삭풍(朔風)'은 북쪽에서 불어오는 매섭고 찬바람을 뜻한다. '만리변성(萬里邊城)'은 서울에서 멀리 떨어진 국경 근처의 성, 곧 김종서 장군이 개척하고 지키던 두만강 가까이에 있는 6진을 가리킨다. 두만강에 부는 대륙의 찬바람과 밝은 달은 겨울밤 국경 변방의 풍경이다. 한적하면서도 외로운 분위기를 자아내지만, 잠시도 적의 움직임에 눈을 뗄 수 없는 긴장감을 나타낸다. 여기에 한 자루의 긴 칼(일장검)을 옆에 차고 늠름하게 서 있는 장군의 모습을 생각하면 절로 솟아오르는 힘을 느낄 수 있다. '긴파람'은 길게 부는 휘파람, '한소리'는 크게 한번 외치는 소리를 뜻하는데 군중(軍中)과 도성 안팎을 순시하는 순찰 군인들 사이에서 서로 연락하는 신호였다. 북방을 노려보며 긴 휘파람과 커다란 고함소리에 거칠 것이 없다는 김종서 장군의 우렁찬 목소리를 상상해 보면, 「호기가」라는 제목은 아주 적절한 이름이라 할 것이다.

구구절절 호연지기(浩然之氣) 가득 찬 믿음직한 명장의 기개가 가슴에 와 닿는다. 김종서는 뛰어난 무장이기도 했지만, 『고려사』라는 역사서를 편찬하고 『세종실록』을 감수할 만큼 뛰어난 문장력을 겸비한 문관이기도 했다. 이 시조 역시 그의 뛰어난 문장력과 무관으로서의 패기와 기상을 여지 없이 보여주는 작품이라 하겠다.

한 가지 더 주목해볼 만한 것은 읊을 때 나는 소리이다. '삭풍(朔風)', '끝에', '찬데', '짚고', '긴파람', '큰 한소리', '거칠'을 발음해 보면 매우 둔탁한 소리가 들린다. 예리하거나 부드러운 느낌과는 거리가 멀다. 이처럼 둔탁한 소리들도 이 시의 주제에 아주 잘 어울리는 요소이다. 시인의 예민한 감각은 주제만을 건조하게 던지는 데 만족할 수 없는 법이다.

한산섬 달 밝은 밤에~

「한산섬 달 밝은 밤에~」는 임진왜란 때 삼도 수군 통제사* 였던 이순신 장군이 총지휘 본영이었던 한산도의 수루에서, 왜적의 침입으로 인한 나라의 앞날

*임진왜란 중에 설치된 종2품 외관직의 무관. 경상도·전라도·충청도 등 3도의 수군을 지휘·통솔한 삼남 지방의 수군 총사령관이다.

한산도의 수루

을 걱정하며 읊은 시조이다. 훗날 충무공을 기리며 전승되어 「한산도가
(閑山島歌)」로 알려지게 되었다.

큰 칼을 옆에 찬 장군의 기상이 조국애와 함께 작품 전반에 흐르고 있
다. 초장의 '수루(戍樓)'는 망을 보기 위해 만든 성 위의 누각이다. 장군
은 밝은 달이 비치고 있는 한산섬 수루에 올라 한산도 앞바다를 바라보
며 이 시조를 지었을 것이다. 중·종장에는 명장으로서 나라를 근심하
는 이순신의 충성스런 모습이 나타나 있다. '일성호가(一聲胡茄)'는 한
곡조의 피리 소리란 뜻이다. 누가 부는 소리일지 모르는 피리 소리가 나
라의 안녕을 걱정하는 충무공의 마음을 더욱 초조하게 한다는 것이다.

한산도 앞바다는 1592년 7월 8일 조선 수군이 한산대첩으로 일본군
을 대파한 곳이다. 이곳에서 이순신은 학의 날개 모양으로 진을 짜서 공

격하는 그 유명한 학익진 전술을 펼친다. 한산대첩은 세계 4대 해전으로 높이 평가될 만큼 역사적인 전투였다. 시조에서 장군이 홀로 담고 있던 고민과 시름은 결코 개인적인 안위가 아닌, 지난날의 전투와 앞으로의 적들과의 싸움에서 나라를 구하고자 하는 고뇌와 갈등인 것이다. 전쟁의 급박함 속에서도 어떻게 이런 기개에 찬 시조를 지을 수 있었을까? 한 시대를 호령했던 이순신 장군의 섬세함과 인간미가 느껴지는 작품이다.

조선 초기 국경의 최북단에서 나라를 지키던 김종서 장군과 임진왜란 때 왜적의 침입을 최전방에서 막아내던 이순신 장군의 시조에서는 무인다운 기개를 한껏 느낄 수 있다. 두 명장의 시조에는 조선시대 문인들의 시에서 흔히 볼 수 있었던 풍류와는 전혀 다른 세계가 그려져 있다. 여느 사대부들과는 달리 몸소 전쟁터에서 나라를 지킨 무관들의 생생한 체험이 형상화된 시조이기 때문이다. 우리는 명장들의 시조에서 그들의 강건한 모습과 더불어 살아 숨 쉬는 역사의 한 장면까지도 만나 볼 수 있다.

한 걸음 더

1. 두 작품은 모두 달이 밝은 밤을 배경으로 삼고 있다. 달밤이라는 배경이 시의 분위기를 어떻게 빚어내고 있는지 설명해 보자.

2. 「한산섬 달 밝은 밤에~」는 「삭풍은 나무 끝에~」와 달리 특별한 계절감을 보여주지 않는다. 가장 잘 어울리는 계절은 무엇일지 상상해 보자.

노래가 품은 역사

천만 리 머나먼 길에 고운 임 여의옵고
내 마음 둘 데 없어 냇가에 앉았으니
저 물도 내 맘 같아서 울어 밤길 예도다.*

— 왕방연

방 안에 컨 촛불 뉘와 이별하였관대
겉으로 눈물지고 속 타는 줄 모르는고
저 촛불 나와 같아서 속 타는 줄 모르도다.

— 이 개

가노라 삼각산아 다시 보자 한강수야

고국산천을 떠나고자 하랴마난

시절이 하* 수상하니 올동말동하여라.

– 김상헌

청석령* 지나거냐 초하구* 어디매오

호풍*도 차도 찰샤 궂은비는 무슨 일인고

뉘라서 내 행색 그려 내어 임 계신 데 드릴꼬.

– 봉림대군

*예도다 : 흘러가도다.
*하 : 정도가 매우 심하거나 큼을 강조하여 이르는 말. '아주', '몹시'의 뜻을 나타낸다.
*청석령, 초하구 : 평북 의주 지방의 고개와 지명. 우리나라와 청나라의 경계.
*호풍 : 청나라의 의한 수난.

작품
해설

천만 리 머나먼 길에~

세종에게는 첫째 아들 문종과 둘째 아들 수양대군이 있었다. 세종의
뒤를 이어 문종이 왕이 됐으나, 몸이 약한 문종은 일찍 죽고 만다. 문종
이 죽은 뒤 문종의 아들인 단종이 왕에 오른다. 이때 자신이 왕이 되지
못한 데 큰 불만을 품고 있던 수양대군은 자신의 조카인 단종의 측근들
을 제거하면서 왕위에 오른다. 이것이 계유정난이다. 계유정난은 단종
의 측근인 김종서를 죽이면서 시작된다. 계유년에 일어났다고 하여 계
유정난이다. 이것은 조선 역사상 가장 비극적인 왕위 쟁탈 사건으로 기
록되어 있다.

이렇게 왕위에 오른 7대 임금 세조는 단종을 차마 죽이지는 못하고
단종을 강원도 영월로 유배를 보냈다. 그때 단종을 강원도 영월 청령포
까지 데리고 가는 임무를 맡은 이가 왕방연이었다. 왕방연은 자신의 임
무를 수행한 후 돌아오는 길에, 자신이 모시던 왕을 스스로 유배지까지
데리고 가야 했던 상황을 한탄하면서 노래를 지었으니, 그것이 위에 있
는 「천만 리 머나먼 길에~」이다.

영월 청령포에 있는 왕방연 시조비

초장의 '천만 리'는 나이 어린 단종과 이별한 슬픔의 깊이와 그리움의 거리를 드러낸 표현이며, '고운 임 여의옵고'에는 정치적으로 희생된 어린 임금에 대한 충성심이 나타나 있다. 단종을 '고운 임'이라고 지칭하고 그와 이별했다는 뜻으로 '여의다'라고 표현한 것이다.

중장의 '내 마음 둘 데 없어'는 임무는 다했지만 그 임무가 자신의 의지와 무관하게 수행될 수밖에 없었던 상황에서 겪는 괴로운 갈등의 표현이다. 그리하여 임과 이별한 슬픔을 달랠 길 없어 시냇가에 앉았는데, 그 시냇물 흐르는 소리가 자신이 속으로 삼키는 울음을 닮았다고 느낀다. 시냇물 소리에 자신의 감정을 이입한 것이다. '저 물도 내 마음과 같아서 울어서 밤에 흐르는구나'라는 종장은 시냇물이 마치 자신의 마음을 대신 말해 주고 있음을 표현한 것이다.

방 안에 켠 촛불~

왕방연이 시냇물 소리에 자신의 감정을 이입하여 슬픔을 표현했다면, 촛불에 자신의 감정을 이입한 시조도 있다. 「방 안에 켠 촛불~」은 단종을 다시 왕으로 만들려고 하다가 세조에게 들켜서 죽임을 당한 여섯 명의 신하 중 한 사람이었던 이개의 작품이다. 이 여섯 명의 신하는 죽을 사(死)와 여섯 육(六)을 써서 사육신이라 부른다. 반면에 사육신과 함께 단종을 복위시키려고 했던 사람 중에서 살아남은 여섯 명의 신하는 생육신이라고 부른다.

충신들의 노력에도 불구하고 단종을 다시 왕위에 앉히려는 시도는 실패로 돌아간다. 죽음을 두려워하지 않고, 단종을 왕위로 복위시키려고 하는 충신들의 마음이 집약되어 있는 노래가 「방 안에 켠 촛불~」이다. 언뜻 임과 이별한 이가 임을 그리워하며 부르는 노래로도 보이지만, 알고 보면 이러한 역사적 비극이 감싸고 있는 비가(悲歌)인 것이다.

이 작품에서는 촛불을 조용히 타오르며 임을 그리워하며 속 태우는 존재로 형상화시켰다. 초장은 방안을 밝히는 촛불을 사랑하는 임과 이별한 사람인 양 그려낸다. 중장에서 '겉으로 눈물지고'라 한 것은 촛불이 타면서 흘리는 촛농을 마치 사람이 흘리는 눈물과 같은 것으로 보았기 때문이다. 촛불이 촛농을 흘리고 있지만, 이 촛농보다 뜨거운 것은 안에서 타는 심지다. 심지가 속에서 타는 줄 모르는가 하는 물음은 왜 나왔을까? 좀 더 읽어 보면 의문이 풀릴 것이다.

드디어 종장에서 자신도 촛불과 마찬가지로 임과 이별하고 속 태우는 처지에 있다는 것을 드러낸다. 그러니까 겉으로 보이는 눈물보다 가슴 속에서 애태우는 비애가 더 아프고 절절하다는 뜻이다. 그러나 정말 속 타는 줄 모를 리는 없을 것이다. 아마도 속 타는 줄 모른다고 했던 것은 그 고통의 강도를 역설적으로 보여주는 표현이라 봄이 옳을 것이다. 고통의 강도가 아주 높으면 고통을 아예 느끼지 못한다고도 했으므로.

조선 초기의 역사를 품은 두 노래에 이어 이제 조선 후기에 해당하는 17세기 노래를 감상해 보자. 1627년에 후금은 조선을 침입한다. 이것이 정묘호란이다. 이때 조선과 후금은 형제 국가가 되는 것으로 전쟁은 일단락되었다. 그러나 이후 1632년 후금은 만주 전역을 석권하고 명나라의 북경을 공격하면서, 조선에 양국 관계를 군신 관계로 바꾸고 재물을 바칠 것을 강요하게 된다. 후금이 왕이고 조선은 신하인 관계로 바꾼다는 강압을 조선은 당연히 거절한다. 후금의 태종이 자신을 황제로 칭하고 국호를 청(淸)으로 고친 뒤에도 이러한 강요는 계속되었고, 왕자·대신을 인질로 보내 사죄하지 않으면 공격하겠다고 위협하였다. 그러나 조선은 이를 거절하고 이에 따라 1636년 겨울에 청나라는 20만 대군을 이끌고 쳐들어온다. 이에 조선은 반격 한번 제대로 못한 채 무기력하게 무너지고 조선의 왕은 도망을 다니다가 끝내 항복을 하게 된다. 이것이 병자호란이다. 병자년에 오랑캐가 쳐들어왔다 하여 오랑캐 호(胡)자를 써서 병자호란이라고 부르는 것이다.

「가노라 삼각산아~」를 쓴 김상헌은 병자호란 때 끝까지 항복하지 말고 싸우자고 주장한 신하이다. 그러나 인조가 청나라에 항복을 선언하자, 결사항전을 주장한 김상헌은 볼모로 잡혀 청나라의 심양으로 끌려가게 된다. 김상헌이 청나라 심양으로 끌려갈 때의 마음을 읊은 노래가 바로 이 시이다.

초장 '가노라 삼각산아, 다시 보자 한강수야'는 자신은 현재 고국을 떠나지만 언젠가는 다시 돌아올 것임을 나타내고 있다. 삼각산과 한강

수는 모두 조선의 서울인 한양을 대표하는 것들로, 화자가 조선을 떠나고 있음을 나타내면서 동시에 귀환에 대한 기대를 드러낸다. 중장은 '정든 고국 땅을 내 어찌 떠나고자 하겠는가마는'이라는 뜻이다. 본인의 뜻에 따라 가는 것이 아니라 볼모로 끌려가야만 하는 약소국 신하의 안타까움이 배여 있다. 종장에서는 그 안타까움이 나라 안팎의 상황이 혼란스러워 다시 조국으로 돌아올 수 없을지 모른다는 불안감으로 증폭된다. 시절이 '하 수상'하다는 것은 시국이 평화롭지 못하고 매우 혼란스럽다는 뜻이다. 그러니 다시 귀국하는 일이 올동말동하다는 것은 자신이 다시 돌아올 수 있을까 하는 걱정을 나타내고 있는 것이다.

청석령 지나거냐~

김상헌이 심양으로 끌려갈 때 같이 끌려간 사람들이 많았다. 그 중 왕족이었던 봉림대군은 김상헌과 같이 인질로 잡혀 심양으로 끌려간다. 봉림대군은 자신이 끌려가는 처지를 슬퍼하면서 「청석령 지나거냐~」를 썼다.

청석령과 초하구는 평북 의주 지방의 고개와 지명으로, 시조에서의 청석령과 초하구는 우리나라와 청나라의 경계이다. 인질이 되어 심양으로 끌려가는 길이므로, 첫째 행에서 청석령과 초하구를 지났느냐고 묻는 것은 단순히 자신의 현재 위치를 점검하는 것이 아니라, 우리 땅에 대한 애착을 드러내는 것이다. 또한 이제 얼마 안 있어 청나라 땅으로 들어가게 되면 영원히 다시 오지 못할지도 모른다는 불안감도 얼마간 함축되어 있다. 둘째 행에서는 청나라로 끌려가는 자신들의 시련과 아품을 이야기하고 있다. '호풍'은 청나라에 의한 수난을 상징한다. 이 호풍만으로도 차가워서 슬픈데 궂은비까지 내려 자신의 상황이 얼마나 애처로운지를 나타내고 있다. 즉 싸움에서 진 것도 억울한데 자신을 비롯한 여러 사람이 볼모로 잡혀가는 상황을 간접적으로 표현한 것이다. 마지막 행에서는 찬바람에 비까지 맞아 볼품없어진 자신들의 모습을 '뉘라서 내 행색 그려 내야 임 계신 데 드릴꼬'라고 하여 '누군가 그림으로 그려서 임금에게 보내주지 않겠느냐'라고 말하고 있다. 이것을 역사적인 관점에서 본다면 이런 자신들의 서럽고 초라하고 비극적인 상황을 어느 누가 임금에게, 또는 역사에 전할 것인가를 묻고 있는 것이다. 따라서 화자는 볼모로 끌려가는 이 상황을 역사적 교훈으로 인식하기를 바라고 있는 것으로 볼 수 있다.

지금까지 살펴본 4편의 시조는 우리나라의 역사를 품고 있는 시조들이었다. 「천만리 머나먼 길에~」와 「방 안에 켠 촛불~」은 세조에 의해 왕에서 쫓겨나고 유배까지 당한 단종에 대한 신하들의 충성심을 알 수 있었다. 또한 이 두 시조는 시냇물과 촛불을 의인화하여 화자의 감정을 잘 대변하고 있다.

「가노라 삼각산아~」와 「청석령 지나거냐~」의 경우는 병자호란 때 나라가 힘이 없어서 겪는 수모를 잘 표현하고 있다. 두 시조의 작자가 모두 청나라에 인질로 잡혀간 인물로 자신들이 잡혀가는 상황을 구체적 지명을 통해서 자신들의 마음을 표현하고 있다. 특히 「청석령 지나거냐~」의 경우는 나라가 힘이 없어 겪는 수모를 교훈 삼아 나라의 힘을 키워야 한다고 말하고 있다. 이렇듯 자신들의 애처로운 상황과 나라가 겪는 수모를 시조로 표현한 데는, 후세에는 이러한 일이 반복되지 않도록 하고자 한 뜻이 있었을지도 모른다.

한 걸음 더

1. 왕방연의 시조와 이개의 시조 종장은 '~이 나와 같아서~'라는 구절을 공유하고 있다. 이 구절을 활용하여 현재 자신의 심경을 표현해 보자.

2. 김상헌의 시조와 봉림대군의 시조는 유사한 상황에서 지어진 것이다. 구체적인 지명이 등장하는 까닭을 추측해 보고, 두 시조에서 각각 어떤 역할을 하는지 비교해 보자.

고행에서 성숙으로

견회요

슬프나 즐거우나 옳다 하나 외다 하나
내 몸의 해올 일만 닦고 닦을 뿐이언정
그 밖의 여남은 일이야 분별할 줄 있으랴.

내 일 망령된 줄 내라 하여 모를쏜가
이 마음 어리기도 임 위한 탓이로세
아무나 아무리 일러도 임이 헤어 보소서.

추성(秋成)* 진호루(鎭胡樓) 밖에 울어 예는 저 시내야
무엇하리라 주야에 흐르느냐
임 향한 내 뜻을 좇아 그칠 뉘를 모르나다.

산은 길고 길고 물은 멀고 멀고
어버이 그린 뜻은 많고 많고 하고 하고

어디서 외기러기는 울고 울고 가느니.

어버이 그릴 줄을 처음부터 안다마는
임금 향한 뜻도 하늘이 만들었으니
진실로 임금을 잊으면 그 불효인가 하노라.

- 윤선도

*추성 : 함경도 경원의 별칭. 옛 육진의 하나.

오우가

내 벗이 몇이나 하니 수석(水石)과 송죽(松竹)이라
동산(東山)의 달 오르니 그 더욱 반갑고야
두어라 이 다섯 밖에 또 더하여 무엇하리.

구름 빛이 깨끗타 하나 검기를 자주 한다
바람 소리 맑다 하나 그칠 적이 많노매라
맑고도 그칠 뉘 없기는 물뿐인가 하노라.

꽃은 무슨 일로 피면서 쉬이 지고
풀은 어이하야 푸른 듯 누르나니
아마도 변치 않을손 바위뿐인가 하노라.

더우면 꽃 피고 추우면 잎 지거늘
솔아 너는 어찌 눈서리를 모르느냐
구천(九泉)*의 뿌리 곧은 줄을 글로 하여 아노라.

나무도 아닌 것이 풀도 아닌 것이
곧기는 뉘 시키며 속은 어이 비었느냐
저렇게 사시에 푸르니 그를 좋아 하노라.

작은 것이 높이 떠서 만물을 다 비춰니
밤중에 광명이 너 만한 이 또 있느냐
보고도 말 아니 하니 내 벗인가 하노라.

— 윤선도

*구천 : 죽은 뒤에 넋이 돌아가는 곳.

작품
해설

　　고전 문학에서 가사로는 송강(松江) 정철, 시조로는 고산(孤山) 윤선
도를 가장 우뚝 솟은 봉우리로 삼는다. 조선 시가문학에서 쌍벽을 이루
었던 두 사람의 삶은 서로 닮아 있다. 정철도 그러했지만 윤선도도 치열
한 당쟁으로 인해 유배를 피할 수 없었다. 그는 30세 때 당대의 실력자
이이첨을 탄핵하는 상소를 올렸다가 함경도 경원으로 유배를 가게 된
다. 그리고 그곳에서 「견회요」와 「우후요」를 짓는다. 몇 년 후 광해군이
인조반정으로 쫓겨나자 유배에서 풀린 윤선도는 봉림대군(효종)과 인
평대군의 스승이 된다. 그러나 그를 시기한 다른 신하가 유언비어를 퍼
트려 모함하자 윤선도는 식구들을 데리고 해남으로 낙향한다.

　　그가 50세 되던 해에는 병자호란이 일어났다. 어려운 상황에 처한 임
금께 달려와 문안하지 않았다는 정적(政敵)들의 상소로 윤선도는 다시
귀양길에 오른다. 경상도 영덕으로 유배를 간 그는 3년 만에 풀려나긴
했지만 정적들의 잦은 공격에 몹시 지쳤던 것 같다. 윤선도는 고향 해남
금쇄동으로 내려가 56세 때 「산중신곡」 18수를 짓는다. 이제 말년을

편안하게 보낼 줄 알았으나 그의 고생은 끝나지 않았다. 70세가 넘어서도 그는 당쟁에 휘말렸는데, 효종과 그의 정비인 인선왕후의 상복 문제로 함경도로 유배를 간다. 85세에 보길도에서 생을 마감하기 전까지 그는 이처럼 잦은 모함과 유배와 복권을 반복했다.

견회요

윤선도의 시조와 한시 가운데 어버이를 생각하며 쓴 작품은 대부분 30대 전반에 지어졌다. 그의 초기 작품에는 현실에 대한 감정이 그대로 드러나 있다. 이는 윤선도의 작품이 정치적 패배로 인하여 유배된 곳에서 쓰였기 때문이다. 이 시기는 광해군이 집권하던 때다. 그리고 광해군을 등에 업고 이이첨이 나라의 권세를 잡았던 때이기도 하다. 성균관 유생이었던 그는 분한 마음을 이기지 못하여 '병진소(병진년에 올린 상소)'를 올렸다. 이 사건을 계기로 아버지 유기는 관찰사직에서 물러나게 되고 자신도 함경도 경원으로 유배된다. 게다가 유배 중에 큰아버지가 돌아가셨다. 그러나 죄인으로 귀양살이를 하는 처지인지라 큰아버지의 임종을 지키지 못한다. 임종을 지키지 못하니 이 일은 윤선도의 가슴에 더욱 사무쳤을 것이다. 「견회요(遣懷謠)」에는 그런 그의 마음이 잘 드러나 있다. 이 제목은 마음에 품은 뜻을 멀리 보낸다는 뜻이다. 유배지에서도 자신의 신념을 굽히지 않고 불의와 타협하지 않는 정의감과 함께, 어버이를 그리는 정과 임금에 대한 애절함이 나타난다.

'병진소'는 어마어마한 상처를 남겼다. 그러나 윤선도는 담담하게 받아들인다. 그르다, 틀리다 말하는 이들이 있어도 근심하지 않겠다고 말

한다. 슬프든 즐겁든, 자신의 행동을 다른 사람들이 옳으니 그르니 말다툼을 해도 자신의 신념을 지켜나가겠다고 다짐한다. 돌아올 대가를 미리 계산해서 움직이지는 않겠다는 것이다. 올바른 길이 아니면 가지 않겠다는 윤선도의 확고한 의지를 확인할 수 있는 것이다. 그것은 어디까지나 임을 위한 일이었다. 그래서 그 누가 어떤 말을 해도 임금께서 현명한 판단을 내릴 것을 간청하고 있다. 남들처럼 자신의 평안만을 생각하고 지낼 수도 있었다. '병진소'의 결과를 알면서도 어리석은 행동을 한 것은 임 때문이었다. 그래서 임께서 자신의 행동을 헤아려 옳은 정치를 해주길 바라는 마음을 노래에 담았던 것이다.

'추성'은 함북 경원의 별칭으로 옛 육진의 하나다. 그리고 '진호루'는 경원에 있는 누각의 이름이다. 오랑캐를 진압하기 위해 만든 누각이라는 뜻이다. 진호루 밖의 끊임없이 흐르는 시내는 무슨 일로 밤낮으로 울며 흐르는 것일까. 윤선도는 자신의 애절하고 쓸쓸한 심정을 흐르는 시내를 통해 드러냈다. 자연 속에서 말없이 흘러가는 시내를 '울어 예는'이라고 표현한 것이다. 시내가 주야에 울면서 흐른다는 것은, 임금을 향한 자신의 마음을 시내에 덧붙인 표현이다.

시내와 더불어 외기러기도 비슷한 역할을 한다. 홀로 먼 곳에서 유배 생활을 하면서 느끼는 그리움과 외로움을 기러기에 덧붙여 표현한 것이다. 길고 긴 산과 멀고 먼 물, 이는 부모님과의 지리적 거리와 공간적 단절감을 동시에 만들어내는 장애물이다. 보고 싶어도 볼 수 없다. 찾아가고자 해도 유배지를 떠날 수 없는 신세다. 그럴수록 그리워하는 마음은 점점 깊어지고 간절해진다.

부모님에 대한 그리움도 그리움이지만 임금을 향한 그리움도 더해간다. 부모와 자식 간의 인연을 하늘이 맺어준 것처럼, 임금과 신하, 임금과 백성의 인연도 하늘이 맺어준 것이라는 것은 당대의 모든 이들이 공유했던 믿음이다. 그에게도 어버이를 섬기는 일과 임금을 섬기는 일이 다르지 않았던 것이다. 윤선도가 그런 믿음을 굳이 강조한 것은, 임금에 대한 자신의 무한한 신뢰를 한껏 자랑하기 위함이었을 것이다.

　이 시조는 몇 개의 연이 모여 이루어진 연시조이지만, 각 연에 쓰인 시구는 매우 긴밀하게 연결되어 있음도 주목된다. 제1수에서 '옳다 하나 외다 하나' 하는 것은 제2수에 있는 '아무가' 아무리 일러바친다는 것과 같은 의미이다. 제2수의 망령된 '내 일'은 제3수의 '내 뜻'과 역시 동일한 의미이다. 제3수의 '추성'은 제4수의 '뫼'와 '물'에 의해 그리움의 대상인 임과 어버이에게서 더욱 멀어지는 공간이 된다. 산과 물로 인해 지리적으로도 물리적으로도 훨씬 먼 거리가 만들어진 것이다. 제4수의 '어버이 그린 뜻'은 제5수에 와서 임금을 그리는 뜻과 만나 더욱 더 증폭된다. 어버이를 그리는 뜻이 자연스러운 인륜인 것처럼, 임금을 그리는 것 또한 인간이라면 누구나 그러해야 한다는 것이다. 그리고 제5수의 '임금 향한 뜻'은 제1수의 '내 몸의 해올 일'이 구체화된 것이라 할 수 있다.

　「견회요」를 통해서 본 윤선도는 몸은 한반도의 최북단에 있으나 마음은 임금과 부모님이 계신 남쪽을 향하고 있다. 30대 초반의 젊은 유생이 옳은 말을 하다가 오히려 귀양을 가게 된 억울한 상황에 처했다. 억울하고 분해서 잠을 이루지 못할 상황이다. 그러나 그는 이 괴로움과 외로움을 노래로 풀어냈다. 본래 시름이 많은 사람에겐 노래도 많은 법이다.

　윤선도의 후기 작품인 「오우가」는 그가 지향하는 인산상을 보여준다. 만물의 모습은 개개인의 생각 속에서 자라난다. 같은 것을 봐도 보는 이에 따라 생각이나 느낌이 다른 것은 관점이 다르기 때문이다.

　「오우가」는 윤선도가 56세에 영덕의 유배지에서 돌아와 금쇄동에 살면서 산과 물의 모습을 즐기며 지은 노래이다. 「산중신곡」의 18수 중에 포함된 이 작품은 그의 인간관을 자연물을 통해 말한 대표적인 작품이다. 그의 호인 고산(외따로이 떨어져 있는 산)을 통해 알 수 있듯이 윤선도는 당쟁으로 일생을 거의 유배지에서 외로이 보냈다. 그러나 그 외로움은 오히려 그의 강직함과 의지를 더욱 불태우는 역할을 했던 것으로 보인다.

　「오우가」의 첫 번째 수는 서시(序詩)로서 자신의 벗인 물, 돌, 소나무, 대나무, 달을 소개하고 있다. 윤선도에게 자연은 인간사와 동떨어져 있는 사물이 아니라, 삶을 함께하는 벗이다. 그리고 그 친구들은 모두 인격적으로 훌륭하다. 다섯 친구 중 물은 그치지 않는 꾸준함이 있다. 돌은 변하지 않는다. 소나무는 꿋꿋한 자세를 하고 있다. 대나무는 절개와 의리가 있다. 마지막으로 달은 경박하지 않다. 묵묵하고 담담한 성품을 지니고 있다. 윤선도는 이 다섯 가지 자연물을 마음과 행실을 바르게 닦은 친구로 생각하고 있다. 윤선도가 지향하는 인간의 모습이 드러나 있는 것이다.

　봄이나 가을 맑은 하늘에 퍼져 있는 하얀 뭉게구름이나 여름날 산 위에서 맞이하는 바람은 그 자체로 경이롭다. 그러나 깨끗한 구름과 맑은 바람은 한결같지 않다. 종종 먹구름도 있고, 바람은 그칠 때가 많다. 그러나 깊은 산골에 흐르는 시냇물이야말로 맑고도 그치지 않는다. 깨끗하고도 그치지 않는 물, 이것이야말로 우리의 마음이 지향해야 할 도덕적 이상이다. 윤선도가 벗으로 삼은 물은 고인 물이 아니다. 인적이 드문 계곡에서 끊임없이 흐르는 맑은 물이다. 그는 이 물을 보고 꾸준함이라는 덕성을 발견했다.

한때 아름답게 피어서 지나가는 사람들의 시선을 잠시 끌다가 금방 시들고야 마는 꽃의 운명. 봄에 새싹을 내어 여름 한철 무성한 잎을 자랑하다가 가을바람과 함께 시들어 가는 풀의 짧은 생명. 윤선도는 이렇게 쉽게 변화하는 꽃과 풀에서 인간 사회의 무상함을 느낀다. 그의 생애를 생각해 볼 때 관직 생활은 바다 한 가운데서 태풍을 만난 것과 다를 바 없었다. 그러니 윤선도의 육체적·정신적 어려움을 짐작하기란 어렵지 않다. 그래서였을 것이다. 그는 바위에서 자신이 생각하는 이상적인 인간의 모습을 찾았다. 윤선도가 꽃과 풀을 보고 느낀 감정은 곧 그의 관직 생활에서 얻은 경험에 의한 것이다. 쉽게 피었다 지는 꽃, 푸르렀다가 누렇게 변하는 풀과 달리 바위는 지독한 바람과 비, 눈과 서리를 이겨낸다. 변하지 않는 것이다. 시인은 바위의 변하지 않는 성질이 자신의 강직한 성격을 닮은 것으로 보았을 것이다. 그러므로 바위는 변하지 않는 마음과 신념을 품은 자신의 모습이기도 하다.

더우면 꽃이 피고 추우면 잎이 지는 것은 자연의 순리이며 법칙이다. 윤선도는 이러한 자연의 일반적인 법칙을 따르지 않는 소나무를 우러러보고 있다. 모든 나무가 철에 맞추어 꽃을 피우고 잎을 떨어뜨리지만,

소나무만큼은 이 순정한 자연의 법칙을 넘어서는 예외이다. 그렇다면 뿌리는 굳이 땅을 파서 확인해 보지 않아도 곧을 수밖에 없을 것이다. 구천은 죽은 뒤에 넋이 돌아가는 곳이라는 뜻이므로, 결국은 뿌리가 묻혀 있는 땅 속을 가리킨다. 결국 지조라는 덕성을 말하고 싶었던 것이다.

소나무와 함께 지조를 상징하는 자연물은 대나무이다. '나무도 아닌 것', '풀도 아닌 것'은 대나무의 생물학적 특성이고, 그리고 '곧은 것', '속이 빈 것'은 대나무의 물리적 특성이다. 대나무는 통상적으로 나무로 분류되지만, 보통의 나무와는 다르다. 겉모습만 봐도 다른 나무들과는 차이가 있다. 그리고 대나무는 흩어져 자라는 것이 아니라 모여서 자란다. 대나무가 모여 자라는 곳에서는 다른 나무들이 감히 뿌리를 내릴 수가 없다. 이러한 대나무의 속성은 단결력과 강인함이다. 속이 비어 허할 것 같지만, 오히려 강인하다. 그리고 그 강인함은 절개와 의리, 그리고 지조라는 인간의 덕성으로 구체화된다. 윤선도는 겉으로는 대나무의 미덕을 말하고 있지만, 이면에서는 이상적인 인간의 한 자질로 지조를 내세우고 있는 것이다.

윤선도는 그를 시기하거나 모함하는 사람들로 인해 정계에서 밀려났다. 그래서 윤선도는 말이 많은 것을 좋게 여기지 않았던 것 같다. 묵묵하고 담담하게 자신의 임무를 행하는 사람이 더 좋은 인격을 지닌 사람이라고 보았다. 달은 높이 떠서 만물을 비춘다. 밤중에 일어나는 인간사의 모든 것을 안다. 그러나 경박하게 여기저기 옮겨 다니면서 말하지 않는다. 당연히 남을 모함하지도 않는다.

「견회요」가 그러하듯이, 이 노래의 전체적인 흐름에도 질서가 있다.

첫 두 수에 나오는 물과 돌은 무기물이다. 무기물이란 생명을 지니지 않은 물질을 일컫는다. 그다음 두 수에서 소개된 소나무와 대나무는 생명을 지닌 유기물이다. 마지막에 등장하는 달은 천체이다. 이처럼 시인의 눈은 무생물에서 유기물로, 유기물에서 우주적인 존재로 나아가고 있는 것이다. 이렇게 보면 물과 돌, 소나무와 대나무는 각각 연을 맞바꿀 수 있지만, 물과 소나무, 돌과 대나무로 바뀔 수 없음을 알게 된다. 그리고 이들을 모두 감싸 안는 달은 맨 마지막 연에 배치될 수밖에 없다. 임의대로 나열된 순서가 아니라 필연적인 구조로 되어있음을 알게 된다.

그리고 또 하나 기억해 두어야 할 사실이 있다. 조선시대 사대부들이 자연을 노래한 것은 아주 보편적인 일이었다. 자연은 흔히 풍류를 즐기는 공간이었지만, 그저 소모적으로 먹고 노는 곳이 아니었다. 자연을 노래한 대부분의 작품들은 표면적으로는 자연물을 소재로 다루었지만, 거기에는 항상 인간의 삶에 대한 성찰이 깔려 있다. 그래서 조선시대에 자연을 읊은 시는 대부분 인생을 노래한 시로 보아도 사실에 크게 어긋나지 않는다.

「견회요」는 윤선도의 초기 작품으로, 후기에 지은 「오우가」와는 달리 현실 인식에 초점을 맞춘 것으로 보인다.「견회요」에 부모님을 향한 효와 임금을 향한 충, 정치적 현실이 드러난다면 반면에 「오우가」는 지금까지 윤선도가 겪은 고난을 통해 깨달은 인간이 지녀야 할 인간적 덕목 혹은 윤리에 대해 말하고 있다.「견회요」가 외부의 어떤 존재에 대한 대결 의식을 고스란히 드러내는 한편으로 상대방에게 대화하는 목소리를 지니고 있다면, 「오우가」는 내면으로 침잠해 들어가는 자세를 취하고 있다. 정치적으로 파란만장한 삶을 살았던 윤선도는 서울과 유배지, 고향을 오가며 고행을 겪고 성숙을 경험했다. 그 고행과 성숙의 한 지점에 두 작품은 나란히 놓여 있다 하겠다.

1. 「견회요」는 유배지에서 지은 유배 문학이다. 유배라는 상황을 알 수 있는 구절을
   찾아보자.

2. 「오우가」에 나오는 다섯 벗의 특징을 살펴보고 자신에게 그러한 성격을 가진 친
   구가 있는지 생각해보자.

3. 「오우가」의 한 연을 모방하여 자신의 벗이라 할 수 있는 사물을 예찬하는 시조를
   지어 보자.

비웃기 혹은 비꼬기

태산이 높다 하되 하늘 아래 뫼이로다
오르고 또 오르면 못 오를 리 없건마는
사람이 제 아니 오르고 뫼만 높다 하더라.

– 양사언

두꺼비 파리를 물고 두엄* 위에 치달아 안자
건넛산 바라보니 백송골*이 떠 있거늘 가슴이 섬뜩하
여 풀떡 뛰어 내닫다가 두엄 아래 자빠지거고
모쳐라 날랜 나일망정 어혈 질 뻔하여라.

– 지은이 모름

*두엄 : 풀, 짚 또는 가축의 배설물 따위를 썩힌 거름.
*백송골 : 흰 송골매.

작품
해설

웃으면 복이 온다고 했다. 한 번 웃으면 한 번 젊어진다고도 했다. 실제로 웃음은 우리의 정신 건강뿐만 아니라 육체적 건강에도 커다란 효과를 준다고 한다. 그만큼 우리는 누구나 울음보다는 웃음을 더 찾는다.

그러나 웃음에도 여러 종류가 있다. 소리를 내지 않고 빙긋이 웃는 미소(微笑), 허탈할 때나 가벼운 손해를 입었을 때 나오는 고소(苦笑), 경멸·체념 등의 뜻으로 쌀쌀하게 웃는 냉소(冷笑), 갑자기 크게 터져 나오는 폭소(爆笑)도 있고, 표정을 한껏 지으며 크게 웃는 파안대소(破顔大笑), 배를 안고 넘어질 정도로 크게 웃는 포복절도(抱腹絶倒)도 있으며, 남을 조롱하며 웃는 조소(嘲笑)와 자기 스스로 자기를 비웃는 자조(自嘲)도 있다. 그 밖에도 무수히 많은 웃음이 있다. 이상에서 열거한 웃음의 종류만 두고 보아도, 좋거나 즐거워서 웃는 웃음이 있는가 하면, 불쾌하거나 허탈해서 웃는 웃음도 있음을 알 수 있다.

이 중에서 우리가 일상적으로 추구하는 웃음은 미소나 폭소, 파안대소, 포복절도일 것이다. 나머지 고소, 냉소, 조소는 불쾌한 감정에서 비롯되는 웃음이다. 이들 웃음은 다른 사람의 행동을 얕잡거나 업신여기는 태도가 나타나는 웃음이다. 여기에 더하여 상대방을 놀리는 태도가 첨가되기도 한다. 우리가 이런 웃음을 적극적으로 추구하지는 않지만, 살다 보면 이런 웃음이 나올 때가 있다. 터무니없거나 어처구니없는 사태를 만날 때가 그렇다. 이것이 바로 웃음의 한 근원이다.

태산이 높다 하되~

시조 「태산이 높다 하되~」는 조선시대의 문신인 양사언(1517년 ~1584년)의 작품이다. 그는 서예에 능하여 안평대군, 김구, 한호와 더불어 4대 서예가로 손꼽히기도 한다. 또한 그는 시와 글도 잘 쓰고 자연을 즐겼던 인물이라고 전해지고 있다. 그가 회양군수로 있었을 때는 금강산에 자주 가서 경치를 감상하였는데, 어느 날은 금강산 만폭동 바위에 글씨를 새기기도 했다고 한다.

그의 시조에 등장하는 태산(泰山)은 일반적으로 높은 산을 일컫기도 하지만 중국에 실재하는 산의 이름이기도 하다. 태산은 예부터 중국인들이 가장 성스럽게 여겼던 산이라고 한다. 산의 높이가 약 1,532m 정도이니, 백두산 2,750m, 한라산 1,950m와 비교해 보면 결코 높은 산은 아니다. 하지만 수치상으로 그러할 뿐, '계단으로 시작해 계단으로 끝나는 산'이라고 할 만큼 태산의 정상은 오르기 쉽지 않다. 계단이 대략 7,000개로 이루어져 있다고 한다. 그래서 지금은 아예 케이블카를 타고 정상에 오르는 이들도 많다고 한다. 이런 점들을 생각해보면 태산은 오르기에 그리 만만한 산은 아니다.

그런데 굳이 가장 높은 산도 아닌 태산을 노래에 등장시켰을까? 어쩌

다가 한두 명만 오를 수 있는 산이나, 반대로 누구나 쉽게 오를 수 있는 산이 등장했다면 시인의 의도와는 조금 멀어진 작품이 탄생했을지도 모른다. 아마도 그는 정상에 가기까지 힘은 많이 들어도 포기하지만 않으면 오를 수 있는 정도의 산을 찾았을 것이다. 거기에 어울리는 산이 아마 태산이었을 것이다.

그렇기는 해도 꼭 중국에 있는 태산을 가리키는 것으로 볼 필요는 없다. 오르기가 쉽지는 않지만, 그래도 꾸준히 발걸음을 옮기면 언젠가는 정상에 도달할 수 있는 산은 우리 주변에도 흔하게 널려 있기 때문이다. 그저 조금 높은 산 정도로 이해하고 넘어가도 무방하겠다.

시인이 말하고자 하는 바는 비교적 분명하다. 아무리 높은 산이라도 하늘 아래에 있다. 구름과 가까이 있을 정도로 높아도 그것은 결국 우리가 디딜 수 있는 땅인 것이다. 한 발 한 발 조금씩 디뎌 올라가다 보면 정상에 오를 수 있는데도, 사람들은 올라보지 않고 높은 산만 탓하고 있다. 양사언의 눈에는 그런 생각을 하고 있는 사람들이 한심해 보였을 것이다. 그래서 비웃고 있는 것이다.

'충고'의 성격을 가진 글이나 말은 간결하고 인상 깊게 전달해야 좀 더 효과적일 수 있다. 이 시조는 단순히 높은 산을 끝까지 포기하지 말고 오르라는 권유의 의도를 가진 작품이 아니다. 등산을 권하는 노래는 더더욱 아니다. 대부분의 사람들이 부르기 쉽도록 만들어졌지만, 그 의미만큼은 절대 가볍지 않다. 태산을 오르는 일은 결국 우리가 마음속에 품고 있는 이상 혹은 현실적인 목표 등을 이루어가는 과정과도 매우 닮아 있다. 그래서 이 노래에는 시도도 해 보지 않고 지레 겁먹고 달아나

버리는 모든 이들을 향해 날리는 비웃음이 담겨 있는 것이다. 그 비웃음을 받는 이들이 해야 할 일은 반성이다. 이 비웃음은 시대를 초월하여 오늘날의 우리에게도 향하고 있으니, 우리에게 주어진 일 또한 반성이라 하겠다.

두꺼비 파리를 물고~

우화(寓話)의 '우(寓)'는 기본적으로 '머무르다'라는 의미이지만, '남에게 붙어살다', '기대어 살다'와 같은 뜻을 가진다. 그러니까 남에게 기댄 이야기가 곧 우화인 셈이다. 여기에서 '남'은 보통 인간을 제외한 다른 동물이나 식물이다. 그 존재들은 인간과 꼭 같이 갖가지 감정이 있고 행동을 하는 것으로 그려진다. 그러면서 항상 지혜나 교훈을 던져 준다. 인간의 약점이나 사회의 부조리를 풍자하는 것이다. 이솝 우화가 인간의 어리석음과 인간 사회의 모순을 담고 있는 데서도 이를 알 수 있다.

이제 살펴볼 작품은 짧은 에피소드를 담고 있는 우화 형식의 노래이다.

두꺼비는 개구리와 비슷하게 생겼지만, 겉모습도 울퉁불퉁하고 심술궂은 인상이다. 동작은 개구리 보다 훨씬 둔하다. 그리고 개구리와 마찬가지로 파리와 같은 곤충류를 먹이로 삼는다. 파리에게는 조금 미안하지만, 약육강식의 세계에서 두꺼비가 파리를 잡아먹는 것은 어쩔 수 없는 자연의 순리일지도 모

두꺼비

른다. 이러한 상황은 누구도 탓할 수 없지만, 이를 인간세계에 가져다 놓고 생각해보면 그 의미가 달라진다. '파리를 물고 있는 두꺼비'는 누구를 비유한 것일까? 두엄 위에 올라앉았다는 데서 그 실마리를 찾을 수 있다. 두엄은 풀이나 짚을 가축의 배설물과 섞어서 썩힌 거름을 말한다. 왜 하필 두엄 위에 올라앉았다고 했을까? 더욱이 두꺼비는 파리를 잡아먹는 게 아니라 물고만 있다. 한 번에 잡아먹으면 그나마 나으련만 입에 물고 괴롭히고 있는 것이다. 이쯤 되면 당시 무고한 서민들을 괴롭히던 양반이나 지방의 탐관오리 등을 떠올릴 수 있을 것이다. 그리고 이렇게 생각해보면 두꺼비가 올라가 있는 두엄도 당시 지배층이 서민들을 착취해서 모은 재물 정도로 추정해 볼 수 있겠다.

하지만 힘없는 서민들을 못살게 구는 이들에게도 두려움의 대상이 있다. 중장에 등장하는 백송골, 곧 흰 송골매가 그것이다. 두꺼비는 하늘에 떠있는 흰 송골매를 보고 가슴이 섬뜩하여 급하게 뛰어내리다가 두엄

송골매

아래 자빠진다. 날아가는 매의 눈에 띈다면 두꺼비도 순식간에 먹이가 될 수 있다. 이 또한 약육강식의 순리라 할 수 있다. 이렇게 두꺼비가 두려워하는 대상인 흰 송골매는 누구를 비유한 것일까? 아마도 조선시대의 사회적 상황으로 미루어 보건대 막강한 힘을 가지고 있던

중앙의 관리 정도로 추정된다. 결국 당시 특권층이었던 양반이나 지방의 탐관오리 등이 힘없는 백성들을 못살게 괴롭히면서, 더 막강한 권력을 지닌 관리 앞에서는 몸을 낮추거나 숨기던 모습을 표현한 것으로 파악된다.

한 가지 의문이 있다. 두꺼비가 두엄 아래로 자빠지면서 파리는 어떻게 되었을까? 흰 송골매 덕분에 탈출의 기회를 잡았을지는 몰라도 이미 젖어버린 날개 때문에 날아가지도 못했을 것이다. 파리에게는 흰 송골매도 그다지 반가운 손님은 아니었던 셈이다. 이래저래 약자는 항상 억울하고 서러운 법이다.

이야기가 여기서 끝이 나도 두꺼비의 모양새가 많이 망가졌는데, 종장의 상황은 그런 두꺼비를 한층 더 비웃음의 대상으로 만들어준다. 종장에서는 화자의 목소리가 숨고 두꺼비의 목소리가 나온다. '모쳐라'는 '아차' 하는 감탄사이다. 죽을 뻔한 위기에서 벗어났으니 감탄사가 나올 만하다. 웃음을 주는 것은 자기 자신을 자랑하는 태도이다. 그 몸매에 둔하게 움직였을 것이 뻔한데, 나름대로 날래게 숨었다는 것이다. 어혈이 진다는 것은 다른 데 부딪혀서 피부에 멍이 생긴다는 뜻이니, 다행히(?) 떨어지면서 다치지는 않았던 모양이다. 조금만 둔했더라면 크게 다쳤을 거라는 자기 위안이다. 말하자면 허장성세인 것이다. 두엄 아래 자빠지는 수모를 당하고도 체면을 챙기는 모습이 적나라하게 드러난다. 조선시대가 양반 사대부들이 지배한 철저한 계급사회였다고 해도, 그들 또한 조롱의 대상에서 예외가 될 수는 없었던 것이다.

「태산이 높다 하되~」와 「두꺼비 파리를 물고~」는 누군가를 향해 비웃고 비꼬는 노래였다. 「태산이 높다 하되~」가 인간의 잘못을 고쳐보려는 욕망에서 나온 것이라면, 「두꺼비 파리를 물고~」는 오직 두꺼비로 그려진 탐관오리의 허장성세를 장난감 삼아 잠시 놀아보자는 의도에서 나온 것으로 보인다. 이처럼 노래는 인간의 보편적인 속성도 드러내고 사회상도 그려낸다. 이런 노래들은 시대를 초월해서 오늘날의 우리도 충분히 공감할 수 있다. 그것은 시대가 아무리 변해도 인간의 속성은 좀처럼 변하지 않기 때문일 것이고, 또 세상살이의 어려움은 어떤 사회에서나 있게 마련이기 때문이다. 옛 노래에 담긴 생각과 삶은 과거 우리 선조들의 것이기도 하지만, 현재 우리 자신의 것이기도 하다. 아마 미래에도 그러할 것이다. 그러니 옛날은 우리의 '오래된 미래'인 셈이다.

한 걸음 더

1. 「태산이 높다 하되~」에서 나무라고 있는 삶의 자세를 바탕으로 자신의 삶을 성찰하는 글을 써 보자.

2. 현재의 우리 사회에서 「두꺼비 파리를 물고~」에 등장하는 '두꺼비', '파리', '백송골'에 해당될 수 있는 사람을 짝지어 보자.

새 울고 귀뚜라미 울고

임 그린 상사몽(相思夢)이 실솔(蟋蟀)*의 넋이 되어
추야장(秋夜長)* 깊은 밤에 임의 방에 들었다가
날 잊고 깊이 든 잠을 깨워 볼까 하노라.

– 박효관

공산(空山)에 우는 접동 너는 어이 우짖느냐
너도 날과 같이 무슨 이별 하였느냐
아무리 피나게 운들 대답이나 하더냐.

– 박효관

*실솔 : 귀뚜라미.
*추야장 : 길고 긴 가을 밤.

작품
해설

　조선시대에도 인기 가수가 있었다. 노비 출신의 노래꾼도 있었고 노래를 생업으로 삼는 전문적인 가수도 있었다. 노비 출신의 노래꾼들은 노래와 일을 병행하는 것이 자유롭지 않아, 전문 가수들이 설 자리가 점점 많아졌다. 이 전문 가수들을 전문 가객이라 한다. 전문 가객들은 노비는 물론 농사나 상업에 종사하는 평민들보다 신분이 높았다. 중인이나 그보다 낮은 서리 정도였다. 원래 시조는 장고 반주 하나로 부를 수도 있고, 장고마저 없으면 무릎장단만으로도 부를 수 있었다. 그러나 전

조선 후기의 화가 장시흥이 그린 필운대. 오른쪽은 인왕산, 왼쪽은 백악산이며, 그 사이로 북한산까지 보인다.

문 가객들은 거문고·가야금·피리·대금·해금 등으로 관현악단을 편성하여 연행에 동반하였다. 그들은 반주와의 호흡을 맞추기 위해 오랫동안 연습해야만 했다. 그런 의미에서 가객을 전문적인 음악가라 할 수 있다.

　조선 후기의 한때 절대적인 권

력을 누렸던 흥선대원군은 전문 가객들을 가까이 두고 음악을 즐겼다. 그가 총애했던 전문 가객으로는 박효관이 으뜸으로 꼽힌다. 대원군은 그에게 '구름 낀 언덕'이라는 뜻의 '운애(雲崖)'라는 호를 지어주기도 했다. 박효관은 이를 받들어 지금의 종로구 필운동 자리에 '운애산방'을 지었다. 그는 이곳에서 시, 술, 노래, 거문고, 바둑을 즐겼다. 박효관의 제자 중에는 「매화사(梅花詞)」의 작자 안민영이 유명하다. 안민영은 『금옥총부(金玉叢部)』에서 '인왕산 아래 필운대는 운애선생의 은거지다. 사람들이 구름같이 모여들어 날마다 풍악을 울리고 때마다 술을 마시며 즐겼다.'라고 서술하며 스승의 인기를 회상했다.

임 그린 상사몽이~

「임 그린 상사몽이~」는 박효관의 대표작이다. 그리움이 지나치면 병이 된다. 이른바 상사병이 그것이다. 그리운 사람이 꿈에 나타나는 것은 상사병의 징후이다. 이토록 간절한 자신의 마음이 실솔, 즉 귀뚜라미의 넋이 되었으면 싶다. 왜 하필 귀뚜라미의 넋이었을까? 중장과 종장을 함께 읽어보면 그 이유를 알 수 있다.

지금은 '추야장(秋夜長)', 즉 겨울보다는 덜하지만 여름에 비하면 훨씬 긴 가을밤이다. 화자는 잠들지 못하고 그 긴 밤 내내 '임'을 생각했던 모양이다. 문득 '임'은 이런 마음을 헤아리지도 못한 채 '날 잊고 깊이' 잠들었을 거란 생각이 든다. 그래서 귀뚜라미가 될까 한다. 귀뚜라미 정도면 어느 비좁은 틈을 찾아내 의심 없이 '임의 방에' 들 수 있을 것이다. 화자는 지금 조심스럽다. 직접 찾아가 제 눈으로 보고 싶은 마음이

클 텐데, 자신의 진지한 마음이 왜곡되어 전달될까 두려워 조그마한 귀뚜라미의 몸을 빌리겠다는 뜻이다. '임의 방에 들었다가'라고 하여 잠깐 휴지(休止)를 두는 것도 같은 맥락이다. 머뭇거리는 것이다. 조심스럽게 임이 잠든 모습을 지켜보다가 정말 우연히 들어온 귀뚜라미인 양 울어 보려고 한다. 임은 그 소리에 잠에서 깰 것이다. 임은 그게 화자인 줄은 생각도 못하고 괜한 귀뚜라미를 원망할 것이다. 제 마음을 전달하는 메신저로, 깊은 잠에 빠진 임을 조심스럽게 바라볼 수 있는 가상의 눈으로, 제가 깨웠으면서도 모른 척 그 책임을 전가할 수 있는 대상으로 알뜰하게 이용하기 위해 귀뚜라미를 불러들인 것이다.

공산에 우는 접동~

화자의 마음은 간절한 데 반해 임의 마음은 그렇지 않다는 사실이 안타깝기는 하지만, 그래도 절망적이지는 않다. 「공산에 우는 접동~」보다는 더 나은 편이다.

초장의 '공산'은 빈 산이다. 게다가 접동은 밤에 운다고 하니, 빈 산에 찾아온 밤을 생각해보면 된다. 적막의 극단이라 할 만하다. 그래서 '접동'의 소리는 유난히 크다. 그런데 접동이 노래를 한다고 하지 않고 '우짖는다'고 했다. 중장까지 읽어 내려가면 화자가 누군가와 '이별'을 하였음을 알 수 있다. 그래서 접동의 소리가 노래로 들리지 않았던 것이다.

접동새. 봄부터 여름까지 울음소리를 들을 수 있다.

본래부터 접동은 오랫동안 말로 전해져 내려온 이야기 속에서 이별의 슬픔을 안고 있는 새로 등장한다. 이야기 속의 접동은 노래에 와서도 여전히 이별의 슬픔을 상징처럼 간직하고 있다. 그래서 시에서 접동이 소재로 등장하면 항상 이별, 이별에서 오는 그리움, 그리움에서 나오는 눈물, 눈물에 동반되는 울음을 연상하면 된다.

이 시조에서는 종장에 와서 접동이 안고 있는 그 슬픔이 심화된다. 절망적이다. 접동이 임을 '피나게' 울며 부른다고 해도 임은 대답하지 않는다. 접동에게 정말 대답을 하더냐고 묻는 것이 아니다. 피나게 울며 불러봤자 대답도 없으니 이제 그만하라고 타이르는 것이다. 이는 곧 화자 자신을 타이르는 일이다. 체념은 슬픔이 끝에 달한 형태다. 슬픔이 심화되면 원망이 되고 분노가 되기도 한다. 이마저 지나간 뒤에는 체념이 된다. 이 노래는 그 과정을 세 줄로 함축한 작품이다.

두 작품을 하나로 엮어서 이해해 볼 수도 있겠다. 화자는 힘들다고 하지 않았다. 하지만 우리는 그가 체념하기까지 얼마나 '피나게' 힘들었을지 짐작할 수 있다. 가을 내내 귀뚜라미가 되어 임의 방을 들락날락하다가 결국은 접동이 우는 봄여름이 되고 말아 체념하기에 이르렀을 것이다. 그 피를 토하는 과정에 이르기까지 겪게 되는 울음소리가 귀에 가득 차는 듯한 느낌이다. 박효관은 이처럼 사랑의 아픔까지도 노래로 멋스럽게 불러 넘겼다.

당시엔 사랑을 표현하는 것을 꺼렸다. 사랑이 인간의 고귀한 본능이라는 사실을 부정하지는 않았지만 은근해야만 아름다운 것으로 남는다고 생각했다. 적극적이고 노골적인 표현은 미덕이 아니라 여겼다. 즉 사랑의 감정을 체면, 혹은 체통이란 말로 덮고 무심한 척하는 것을 인간의 도리로 알았다. 대신에 기본 윤리인 충, 혹은 자연 속에서 심성을 닦는 풍류를 노래하는 시를 이상적인 문학이라 여겼다. 하지만 조선 후기에 접어들면서 중인이나 그보다 낮은 서리도 전문 가객으로 활동하게 되면서 사랑을 솔직하게 노래하는 작품이 각광을 받게 되었다.

단지 사랑이 인간의 원초적 감정이어서 그랬던 것만은 아니다. 사랑을 하면 인간을 알고, 세상을 알게 된다. 사랑은 인생살이와 세상살이가 응축되어 있는 삶의 중요한 중심축인 것이다. 그래서 조선 후기의 유명한 문인이었던 이옥(李鈺)이라는 사람은 이렇게 말했다. "천지만물을 보는 데에는 사람을 보는 것만큼 중요한 것이 없으며, 사람을 보는 데에는 정(情)을 보는 것만큼 오묘한 것이 없고, 정을 보는 데에는 남녀의 정을 보는 것만큼 진실한 것이 없다."라고. 남녀의 애정은 세상 만물의 씨앗을 담고 있다고 보았던 것이다.

옛날이라고 해서 지금과 다르지 않다. 옛날엔 충과 효가 지금보다 더 중요했을 것이다. 하지만 재미있는 주제는 아니었을 것이다. 그래서 사회적인 가면을 벗어 던지고 하나둘 사랑을 이야기하기 시작했다. 귀뚜라미와 접동의 울음소리에 실어서 말이다. 우리는 직접적이고 망설임 없는 사랑을 하고 있어서, 그런 사랑 방식이 답답하게 느껴지기도 한다. 하지만 곰곰이 되새겨볼수록, 오히려 세차게 밀려나오는 진실한 사랑을 느낄 수 있다. 그들은 그 사랑을 고스란히 전달하기 위해 조심스러웠을 뿐이다. 애타게 사랑할수록 그 사람 앞에 서면 말도 안 나오고 조심스럽지 않은가. 그때도 그랬다.

한 걸음 더

1. 「임 그린 상사몽이~」에서 화자는 귀뚜라미의 넋으로 변신하고자 한다. 자신이라 면 임의 뜻을 알기 위하여 무엇으로 변신하고 싶은지 그 이유와 함께 밝혀 보자.

2. 「공산에 우는 접동~」에서 접동은 임을 잃은 화자가 동일한 감정을 지니고 있다 고 여기는 새로서, 당시에는 모든 사람들이 이를 쉽게 받아들일 수 있었다. 그러 나 오늘날에는 접동의 이런 이미지가 많은 사람들에게 공유되지 못한다. 이 노래 를 다시 고쳐 쓴다면 접동 대신 어떤 대상이 적절할지 추측해 보자.

사랑과 이별과 눈물

어져 내 일이야 그릴 줄을 모르더냐

있으라 하더면 가랴마는 제 구태여

보내고 그리는 정은 나도 몰라 하노라.

– 황진이

청산리(靑山裡) 벽계수(碧溪水)야 수이 감을 자랑 마라

일도창해(一到蒼海)*하면 다시 오기 어려오니

명월이 만공산(滿空山)*하니 쉬어 간들 어떠리.

– 황진이

*일도창해 : 한 번 흘러서 바다에 감.
*만공산 : 빈 산에 가득 참.
*이화우 : 배꽃 비.

묏버들 가려 꺾어 보내노라 임에게로
자시는 창 밖에 심어 두고 보소서
밤비에 새 잎곳 나거든 날인가도 여기소서.

                                                    − 홍 랑

이화우(梨花雨)* 흩뿌릴 제 울며 잡고 이별한 임
추풍낙엽에 저도 날 생각는가
천리에 외로운 꿈만 오락가락 하노매.

                                                    − 계 랑

조선시대 기생 가운데 임에 대한 그리움을 절실하고 노골적으로 표현한 사람 중 가장 으뜸으로 꼽히는 이가 황진이(黃眞伊)이다. 그녀에 대한 이야기는 설화의 형태로 많이 남아 있다. 자신을 짝사랑하던 이웃집 서생이 상사병으로 죽자 인생에 환멸을 느껴 기생이 되었다는 이야기, 왕족인 벽계수에게 망신을 주었다는 이야기 등이 그것이다. 당대에 가장 덕망이 높았던 서경덕과 정신적인 사랑을 주고받았다거나 30년간 수행한 지족선사(知足禪師)를 파계시켰다는 일화는 더욱 유명하다.

영화 〈황진이〉(2007)

수려한 외모뿐만 아니라 예술가로서의 기질도 풍부했던 황진이의 인생은 다양하게 재해석되어 우리 곁에 남아 있다. 영화와

드라마, 노래로까지 만들어져 대중들에게 익숙한 황진이는 특히 시에 남다른 재주를 보였다 한다. 그녀가 남긴 시조들은 임에 대한 그리움이 가득 차다 못해 넘칠 정도의 감정 표현이 잘 나타나 있다. 그 대표적인 작품이 위 두 편의 시조이다.

드라마 〈황진이〉(2006)

어져 내 일이야~

첫 번째 시조 「어져 내 일이야~」는 임을 떠나보낸 후의 애틋한 마음을 진솔하게 표현하여 공감을 불러일으키는 작품이다. 초장의 '어져'는 일종의 감탄사로, 임을 떠나보낸 스스로를 한탄하며 후회하는 심경을 드러냈다. 화자는 눈물을 삼키고 임을 떠나보낸 뒤 혼자 외로워하고 있다. 특히 중장의 '제 구태여'는 임이 없는 현실의 안타까움과 후회를 잘 표현한 구절이라 하겠다. 이 구절은 중의적 해석이 가능하여 운명 같은 이별에 대한 안타까움을 더욱 두드러지게 한다. 문장을 도치시켜 '제 구태여 가랴마는'으로 본다면, 굳이 가려하지 않는 주체는 임이 된다. 그러나 '제 구태여 보내고'로 종장과 연결한다면, 굳이 보낸 주체가 내가 된다. 말의 묘미를 한껏 살린 표현이라 하겠다.

가지 말라고 했다면 임은 가지 않았을지도 모른다. 그러나 보내주는 것이 임을 위한 길임을 알기에, 굳이 가도록 해놓고서 보낸 뒤의 한탄을 토로하는 것이다. 천한 기생의 신분으로는 사랑하는 임이 있어도 그 임을 잡을 수 없다. 임의 앞날을 위해 혼자서 괴로움을 참아내는 태도가 오히려 더 슬프게 느껴지기도 한다. 겉으로는 강한 척하지만 속으로는 한없이 약한 태도는 기생이라는 신분이 강제한 결과였을까?

청산리 벽계수야~

이별의 아픔과 후회를 표현한 작품이 있는가 하면, 임을 유혹하기 위해 읊조렸던 작품도 있다. 「청산리 벽계수야~」가 그것이다. 이를 이해하기 위해 먼저 배경 설화를 살펴보자.

벽계수는 시인이자 문인으로 임금의 친족이었다. 그는 당시 유명했던 황진이의 이야기를 듣고 자신은 황진이에게 유혹되지 않을 것이라 큰소리를 쳤다. 이 말을 전해들은 황진이는 개성의 만월대로 그를 초대하여 이 시조를 불렀다. 달빛을 받은 아름다운 미인이 벽계수를 향해 낭랑하게 노래를 부르자 그는 그만 도취되었고, 결국 타고 있던 나귀 등에서 내렸다고 한다.

배경으로 미루어보아 이 시조는 인생은 덧없는 것이니 여유 있고 즐거운 마음으로 살아가자는 유혹과 권유를 담은 노래라 하겠다. 시냇물이 바다에 다다르면 다시 돌아올 수 없는 것처럼 우리 인생도 늙거나 죽으면 어쩔 수 없으니 살아 있는 동안 즐기자는 것이다. 인생무상을 자연의 이치에 담아 유혹하는 호소력이 과연 기녀답다.

중요한 부분은 초장의 '벽계수'와 종장의 '명월'이다. 벽계수는 배경 설화 대로 사람을 가리키는 이름이기도 하지만, 푸른 시냇물로 볼 수도 있다. 마찬가지로 명월은 밝은 달을 가리키면서 동시에 황진이 자신을 가리키는 기명(妓名)이다. 두 가지 뜻을 동시에 담는 재치에서 황진이의 이름이 빛날 수밖에 없는 이유를 충분히 짐작해 볼 수 있다.

기녀들은 접대를 일로 하되 천박하지 않아야 했다. 그들은 교양인으로서 춤과 노래, 문예 등 예술 전반에 대한 기본적 소양을 갖추어야 했으므로 자연스럽게 시조문학의 중요한 향유자로 자리를 잡았다. 다양한 사람들을 접해야 하는 기녀들에게 사랑과 이별은 가장 익숙하고 중요한 삶의 부분이었을 것이다. 그러한 삶이 시조를 통해 표현되는 것은 어찌 보면 자연스러운 일이라 할 것이다. 사랑하고 이별하며 흘렸던 눈물을 표현한 많은 기녀시조들이 이를 증명한다. 황진이 외에도 교양과 식견을 갖춘 기녀들이 남긴 시조는 현재까지 전해지며 그들의 사랑과 이별을 엿볼 수 있다. 대표적인 기녀 시인인 홍랑과 계량의 시조를 통해 그들의 사랑을 잠시 들여다 보자.

묏버들 가려 꺾어~

홍랑은 함경남도 홍원의 기생이었다. 시로 이름이 높았던 고죽 최경창이 함경도에 머무를 때 깊이 사귀었는데, 그가 돌아가게 되자 슬퍼하며 이 시를 지어 최경창에게 보냈다고 한다. 버들을 꺾어 임에게 보내니 그 버들을 심어 잎이 나면 홍랑 자신이라 생각하고 잊지 말라고 간절히 호소하는 내용이다. 버들을 보내 자신의 마음을 나타내는 여인의 애틋함이 솔직하게 표현되어 있다 하겠다.

홍랑은 자신의 지고지순한 사랑을 버들로 표현했다. 몸은 비록 멀리 떨어져 있지만 순정은 임 옆의 버들처럼 항상 곁에 있겠다는 것이다. 버들을 자기처럼 여겨 달라는 부탁에서는 이별을 체념으로 여기지 않고 다음 만남을 기약하려는 홍랑의 의지가 느껴지기도 한다. 또한 밤비에 젖은 버들의 잎사귀는 여리고 섬세한 홍랑의 이미지를 구체화시켜 시를 더욱 아름답게 만들고 있다.

울고불고 매달려서 눈물을 쥐어짜내는 것이 아니다. 버들을 꺾어 보내며 담담하게 바람을 전할 뿐이다. 슬픔을 한 단계 높은 차원으로 승화시켜 표현하니 읽는 이들에게 홍랑의 마음이 그대로 느껴지는 듯하다. 섬세한 버들의 이미지와 애틋한 그녀의 사랑이 닮은 이유이다.

그런데 왜 하필 버드나무 가지였을까? 버드나무는 번식력이 좋아서 수분만 제공되면 어디에서든 잘 자란다고 한다. 그래서 예전에는 이별할 때 버드나무 가지를 정표로 서로 주고받았다고 한다. 그리고 이로 인해 '꺾을 절(折), 버들 류(柳)'를 쓰는 '절류(折柳)'라는 풍습도 생겼다고 한다. 버드나무의 생명력을 본받아 둘 사이의 사랑도 오래도록 변치 않기를 바라는 마음이 거기에 녹아 있었던 것이다.

최경창이 서울로 돌아온 3년 뒤 홍랑은 병석에 누운 그를 부양하기 위해 서울로 온다. 또한 최경창이 외직 발령과 무고한 참

버드나무

소에 희생당하여 객사하자 시묘를 살면서 그의 죽음을 애도했다고 전해진다. 이쯤 되면 홍랑이 묏버들을 꺾어 보낸 것은 단순히 풍습에 따른 것이 아님을 충분히 짐작할 수 있겠다.

이화우 흩뿌릴 제~

「이화우 흩뿌릴 제~」는 계랑이라는 이름을 가진 기녀의 작품이다. 매창이라는 별명도 있다. 계랑은 전북 부안의 명기로, 뛰어난 외모는 아니지만 시와 거문고 솜씨가 훌륭했다고 전해진다. 그래서당대의 문사였던 허균 등과 교류하였다고 한다. '북의 황진이, 남의

전북 부안 매창공원의 시비

매창'이라는 말도 있을 만큼 이름이 높았던 것이다. 이 노래는 계랑이깊이 사귀었던 유희경이라는 선비를 그리워하며 지은 것이라 한다. 계랑이 이 작품을 지은 후 수절했다는 전설도 전해지고 있다.

초장의 '이화우'는 쉽게 말해 '배꽃 비'이다. 배꽃이 비처럼 흩날리는모습을 표현한 시구이다. 이는 중장의 '추풍낙엽'과 함께 계절의 변화를 나타내고 있으며, 동시에 하강의 이미지를 지닌 채 쓸쓸한 정서를 더욱 강렬하게 환기해준다. 노래를 읊조리는 건 가을, 임과 헤어진 건 봄이다. 그러나 그것이 1년도 채 안 되는 시간으로 단정할 수는 없다. 2년이 넘거나 3년이 넘는 시간일 수도 있다. 헤어져 있는 시간의 길이와 맞

물려 있는 것이 종장에서 '천리'로 표현된 공간적 거리이다. 이 거리는 임과의 물리적 거리이면서 동시에 심리적 거리이다. 죽을 때까지 다시 만나지 못했다는 사실에 기대어 생각해 보면, 아무리 가까운 곳에 있었다 하더라도 그것은 천리 이상의 거리감으로 다가왔을 것이다.

부안에는 아직도 그녀의 무덤이 있다. 그곳은 현재 '매창공원'으로 거듭나 군민들의 휴식처가 되어 주고 있다. 신분 사회에서 천민의 몸으로 살았던 이의 묘소가 오늘날 문화유산으로 대접받는 것은 그의 문명(文名)이 얼마나 높았는지를 말해준다. 그가 죽은 후 부안 지역의 아전들이 외우고 있던 그의 시를 모아 시집도 만들었다고 한다. 부안 사람들의 매창 사랑이 얼마나 깊었는지 짐작할 수 있는 부분이다.

조선시대 기녀들은 일종의 금기였던 남녀의 애정 문제를 진솔하게 표현하여 시조에 생기를 불어넣었다. 또한 세련된 표현 기교와 우리말의 아름다움을 잘 살려 넣어 그 의미가 크다. 당시 상류 계층의 전유물이었던 시조를 기녀들이 향유함으로써 시조 작가 층이 확대된 것은 문학사적으로도 큰 의의를 지닌다. 더욱이 그들의 시조는 양반 사대부 시조와 달리 인간의 근원적 욕망에서 비롯되는 사랑과 그리움을 진솔하게 표현했다는 점에서도 우리가 소중하게 다루어야 할 유산 중의 하나임이 분명하다.

한 걸음 더

1. 황진이의 시조 두 편에서 화자의 태도는 서로 다르다. 그 차이를 비교해 보고, 한 사람이 지은 두 노래에서 서로 다른 태도가 나타난 이유를 추측해 보자.

2. 홍랑의 시조에는 '버들'이, 계랑의 시조에서는 '이화'와 '낙엽'이 소재로 등장한다. 모두 자연물이다. 두 노래에서 이들 자연물이 어떤 역할을 하는지 그 차이를 밝혀 보자.

3. 오늘날 우리가 살아가는 세상에서는 이별은 있되 그리움은 없다고 한다. 교통과 통신의 발달이 그 이유이다. 그런데도 그리움을 노래하는 시와 노래는 많다. 이런 노래가 향유되는 까닭을 추측해 보자.

상상으로 시름 달래기

창 내고자 창을 내고자 이내 가슴에 창 내고자

고모장지 세살장지 들장지 열장지에 암돌쩌귀 수돌쩌귀 배목걸
쇠 크나 큰 장도리*로 뚝딱 박아 이내 가슴에 창 내고쟈

이따금 하 답답할 제면 여닫아 볼까 하노라.

– 지은이 모름

한숨아 세(細)한숨아, 네 어느 틈으로 들어오느냐

고모장지 세살장지 들장지 열장지에 암돌쩌귀 수돌쩌귀 배목쩌
쇠 뚝딱 박고 크나큰 자물쇠로 깊숙이 채웠는데 병풍이라 덜컥 접
고 족자라 대그르르 말고 네 어느 틈으로 들어오느냐

아마도 너 온 날 밤이면 잠 못 들어 하노라.

– 지은이 모름

어이 못 오던가 무슨 일로 못 오던가

너 오는 길에 무쇠로 성(城)을 쌓고 성 안에 담 쌓고 담 안에 집을 짓고 집 안에 뒤주 놓고 뒤주 안에 궤를 짜고 그 안에 너를 필자형(必字形)으로 결박하여 넣고 쌍배목걸쇠에 금거북 자물쇠로 깊숙이 잠갔길래 네 어이 그리 못 오더냐

한 해도 열두 달이요 한 달 서른 날에 날 와 볼 하루가 없으랴.

— 지은이 모름

*장도리 : 못을 박거나 뽑는데 사용하는 목공구.

작품
해설

실제로 경험하지 않은 현상이나 사물에 대하여 마음속으로 그려 보는 일을 가리켜 상상(想像)이라 한다. 개와 같은 동물들도 상상을 하는지는 모를 일이나, 아무튼 인간이 오늘날의 문명과 문화를 일구어 온 것은 상상력 덕분이라 할 만하다. 인류의 문명사나 문화사는 가능성의 영역에 있는 것들을 현실의 영역으로 바꾸어 온 역사이기도 한 것이다.

그러나 모든 상상이 현실화되는 것은 아니다. 애초에 도저히 이치에 맞지 않은 망령된 생각도 있다. 이를 일러 망상(妄想)이라 한다. 그렇다고 해서 모든 망상이 가치 없는 것은 아니다. 현실에서 만난 문제를 현실에서 해결하지 못할 때, 인간은 망상이라는 통로를 통해 현실을 벗어날 수 있기 때문이다. 물론 이는 어디까지나 심리적인 도피일 뿐이지만, 심리적인 도피처를 찾을 수 있는 것만도 현명한 처신이라 할 수 있을 것이다.

창 내고자 창을 내고자~ / 한숨아 세한숨아~

우선 「창 내고자 창을 내고자~」와 「한숨아 세한숨아~」를 함께 읽어

보기로 하자. 앞의 노래는 가슴에 창을 만들고 싶은 소망을 담고 있으므로 '창 노래'라고 한다. 뒤의 노래는 가슴에 문을 달되, 그것이 출입을 위한 통로가 아니라 외부로부터 들어오는 한숨을 막기 위한 문으로서 벽의 기능을 염두에 두고 있으므로 '벽 노래'라고 한다.

창 노래의 초장에서는 가슴에 창을 내고자 하는 간절한 소망을 드러내고 있다. 반면 벽 노래에서는 한숨을 불러서 어느 틈으로 들어오느냐고 한탄 섞인 질문을 던진다. 창 노래가 자신의 내면을 향하는 독백의 어조를 지니고 있다면, 벽 노래는 한숨이라는 가상의 상대를 향하는 대화적 어조를 지니고 있는 것이다.

두 노래는 중장에 이르러 가속도가 붙은 듯 야단스러운 수다로 이어진다. 마치 한 사람이 지은 듯 두 노래의 중장은 유사한 구절로 채워져 있다. '장지'는 방과 방 사이, 혹은 방과 마루 사이에 칸을 막아 끼우는 문을 의미한다. '고모장지'는 T자 모양의 농기구인 고무래를 닮은 장지, '세살장지'는 문살이 가는 장지, '들장지'는 들어 올리는 장지, '열장지'는 여는 장지 정도로 볼 수 있다. '돌쩌귀'는 문짝을 문설주에 달아 여닫는 데 쓰는 두 개의 쇠붙이를 뜻한다. '암톨쩌귀'와 '수톨쩌귀'는 각각 돌쩌귀의 암짝과 수짝이다. 암짝은 문설주에, 수짝은 문짝에 박아서 서로 맞물리게 한다. '목걸새'는 문고리에 꿰는 쇠를 의미한다. '배목걸

돌쩌귀

새'는 문고리를 걸기 위하여 둥글게 구부려 만든 고리 걸쇠를 말한다. 모두 창이나 문을 만들 때 쓰는 도구들이다. 이것들을 못을 박거나 빼는 도구인 '크나큰 장도리'로 '뚝딱' 박아 가슴에 창을 만드는 것이다.

두 노래는 이 사설을 공유하고 있다. 흥미로운 점은 두 노래에서 창이나 문을 만드는 이유는 같으면서도 다르다는 것이다. 창 노래에서는 마음속에 있는 한숨을 밖으로 내보내기 위한 용도이다. 반면에 벽 노래에서는 밖에 있는 한숨이 안으로 스며드는 것을 막기 위한 용도이다. 용도의 차이가 이러하지만, 결국 한숨 쉬는 일이 없기를 바라는 마음에서 비롯된 망상이라는 점에서 둘은 쌍둥이 같은 노래이다.

아마도 이 두 노래는 몇 사람이 모여 있을 때 서로 주고받으며 부르는 노래의 레퍼토리로 보아도 무방할 것이다. 우리가 노래방에서 서로 마이크를 주고받으며 노래를 부르듯이, 옛날 사람들은 서로 돌아가면서 시조를 불렀다. 이 작품들 또한 그런 모임에서 애창되었을 것으로 추정된다.

이 두 노래에서 한숨을 쉬게 된 이유가 무엇인지는 알 수 없다. 임과 멀리 떨어져 있는 사람이 기다림에 지쳐 쉬는 한숨인지, 아예 사랑을 잃어버리고 탄식하면서 쉬는 한숨인지도 모른다. 아니면 한숨의 원인이 이별이 아닐 수도 있다. 여하튼 우리가 답답한 상황에서 가슴을 치는 장면을 흔하게 목격하는 것처럼, 시의 화자가 무척이나 암울한 상황에 처해 있다는 점만은 확실히 알 수 있다.

우리가 이 대목에서 주목해야 하는 것은 장황하게 늘어지는 사설이다. 수다스럽다. 극단적으로 갑갑한 일을 당한 사람은 차라리 말을 하지 못한다. 그런데도 이 노래의 화자는 문을 달 때 동원되는 여러 가지 도구들을 목록으로 만들어 세밀화를 그리듯이 상세하게 제시한다. 쉬지 않고 중얼거리는 랩퍼들과 비슷한 느낌이다.

이런 특징에 주목해야 하는 이유는 여기에 이 두 노래의 묘미가 있기 때문이다. 사연은 슬프지만 분위기는 경쾌하다. 사연과 분위기 사이의 모순. 이 두 노래는 사연에 어울리는 분위기를 버렸다. 그렇다면 그 대신 얻은 것은 무엇일까. 아마도 그것은 웃음으로 눈물을 닦는 지혜일 것이다. 슬프면 울게 되고 울면 눈물이 나는 것이 자연스러운 이치이다. 그러나 거기에서 끝나면 한이 된다. 그 한을 그대로 남겨 두면 병이 된다. 그러니까 사연과 분위기 사이의 모순은, 슬픔을 눈물로 해소하는 단계를 넘어선 사람들의 더 성숙한 지혜가 낳은 산물로도 볼 수 있다.

어이 못 오던가~

이제 이와 유사하게 장황한 수다로 일관하는 노래 한 편을 더 보기로 하자. 바로 「어이 못 오던가~」이다. 초장에서부터 화자가 어떤 상황에 처해 있는지 짐작할 수 있다. 누군가를 기다리는 것이다. 임을 만나 본 지 꽤 오랜 시간이 흐른 모양이다. 그렇게 기다려도 안 오는 걸 보니, 아마 못 오는 모양이다. 어찌하여 못 오는지, 무슨 일로 못 오는지 애탄다.

중장에서는 역시 사설시조의 특징인 과장과 열거의 수사법이 구사된다. 물론 이도 망상의 산물이다. '너'는 지금 무쇠로 만든 성에 갇힌 모양이다. 그 성 안에 담 쌓고 그 담 안에 집을 짓고 그 집 안에 뒤주를 놓고 그 안에 다시 궤짝을 짜서 '너'를 가둔 것이 틀림없다고 짐작한다. 그

결로 모자라 그 안에 '필(必)자' 모양으로 오랏줄에 묶인 채, 쌍배목걸 쇠와 금거북 자물쇠로 봉해져 있다. 그렇기 때문에 못 오는 것이지, 이렇게 안 올 리가 없다는 것이다.

누군가를 기다려 본 사람은 안다. 지치다가 화가 났다가 희망을 가졌다가 짜증을 부리다가, 온갖 별별 생각이 다 든다. 이 노래의 화자도 마찬가지이다. 혹시 누군가가 너를 붙잡아 둔 게 아닌가 하는 것이다. 적어도 자신을 미워해서 오지 않을 사람이 아니라는 믿음을 가지고 있는 듯 보인다.

하지만 또 생각이 바뀐다. '못 오는 건가? 아냐, 안 오는 것일 수도 있어.' 하는 것이다. '너'는 일 년 열두 달 365일 중에서 하루 정도는 시간을 낼 수 있을 텐데, 그 하루가 없다는 건 마음이 변했기 때문일 거라고 짐작하는 것이다.

이렇게 추정할 수 있는 단서는 실은 중장에도 있다. '필자형(必字形)' 이라는 시어가 그 단서이다. '필(必)'은 '반드시'라는 뜻을 지닌 한자이다. 그런데 여기서는 그 뜻과 관계없이 생긴 모양에 주목해야 한다. 마음 심(心)에 삐침 획(丿)이 추가되어 있는 모양이다. 이 삐침 획은 밧줄의 형상으로 볼 수 있다. 전체적으로는 밧줄로 마음을 묶어 놓은 상태를 가리키는 것이다. 그러니까 마음이 다른 사람한테 묶여 있으니 화자 자신을 생각할 겨를이 없다고 추측한 것이다. 이렇게 보면 '날 보러 올 하루가 없으랴.' 하는 탄식이 불안 때문에 생긴 갑작스런 심리는 아닌 셈이다. 진작부터 변심의 가능성을 염두에 두고 있었던 것이다.

그럼에도 불구하고, 이 노래는 진지하기보다는 경쾌하고 발랄하다.

이는 큰 데서부터 작은 공간으로 점점 좁혀 들어가고, 마지막에는 마음의 결박 상태까지 포착해서 배열하는 열거와 과장의 수사 덕분이다. 이렇게 보면 이 노래 또한, 앞에서 창 노래와 벽 노래를 같이 엮어 읽으면서 확인할 수 있었던 '웃음으로 눈물 닦는 지혜'를 품고 있다 하겠다.

위의 사설시조들은 작자를 알 수 없다. 사설시조 대부분이 그렇다. 이는 진솔하게 풀어나가거나 공격적인 풍자와 비판으로 남을 비웃으면서 자신을 숨기고자 했던 의도의 산물일 수도 있다. 시적 대상이 되지 않았던 것들을 시로 형상화하였기에 남들로부터 받을 수 있는 비난을 피하고자 했던 의도의 산물일 수도 있다.

하지만 우리는 이 작품들이 지닌 미덕을 깎아내리지 않는다. 그들은 상상으로 가슴에 창문을 달고 망상으로 마음에 문을 달았다. 그리고 다른 사람의 마음마저 밧줄로 꽁꽁 묶었다. 마음을 열고 싶을 때면 열고, 닫고 싶을 때면 닫았다. 그리고 안 오는 임을 마음의 밧줄 때문에 못 오는 임이라 생각해 버렸다. 그렇게 그들은 시름을 상상으로 달랬다. 옛날 사람들도 우리와 다를 것 없다. 우리도 도저히 믿을 수 없는 일이 일어났을 때, 또 감당할 수 없는 슬픔을 겪을 때, 그것을 위로할 수 있는 통로를 상상 혹은 망상에서 찾고 있지 않은가.

1. 「창 내고자 창을 내고자~」와 「한숨아 세한숨아~」에서 화자가 상상하는 장면을 그림으로 그려 보자.

2. 「어이 못 오던가~」의 중장에서는 어딘가에 갇혀 있는 임의 모습을 묘사하고 있다. 임이 어떤 모습으로 어디에 갇혀 있는지 그림으로 그려 보자.

3. 앞의 세 노래를 참고하여 자신이 스스로를 위로하기 위해 상상 혹은 망상을 펼쳤던 때를 떠올려 이를 재미난 표현으로 써 보자.

4부 민요

공자가 펴낸『시경』이라는 책에도 민요가 풍부하게 실려 있습니다. 그만큼 민요는 아득한 옛날부터 문학으로서의 가치를 충분히 인정받아 왔습니다. 민요는 민간에서 저절로 생겨나서 입으로 전해 내려오는 노래를 일컫습니다. 그래서 악보에 기재되거나 문자로 기록되지 않습니다. 악곡이나 사설은 지역에 따라 노래 부르는 사람의 취향에 맞게, 노래 부를 때의 분위기에 따라서 달라집니다. 온전히 입으로 창작되고, 입으로 연행되며, 입으로 전승되는 것이지요. 민요는 이런 특징을 지니기에 민중의 소리이고, 민족의 정서를 가장 잘 함축하고 있는 예술이라고 평가됩니다.

민요는 음악이자 문학입니다. 음악으로서의 민요는 일반 민중이 즐기는 민속 음악에 속하는 음악으로서, 전문적인 수련을 하지 않고도 자연스럽게 즐길 수 있습니다. 그래서 전문적인 수련을 필요로 하는 판소리나 무가, 시조 등과는 구별됩니다. 문학으로서의 민요는 일정한 율격을 지닌 시라는 점이 특징입니다. 노래로 가창하지 않고 읽기만 해도 리듬감을 느낄 수 있다는 겁니다. 그리고 사랑과 이별, 눈물과 같은 보편적 주제를 다루기 때문에 공감대도 쉽게 형성됩니다.

민요는 집단적인 생활에서 필요한 규범이나 관습, 신앙을 담고 있기도 하고, 곤충 잡기나 윷놀이, 널뛰기와 같은 놀이와 결합되어 가창되기도 합니다. 또한 농부나 어부가 일터에서 일하면서 부르는 노래도 많습니다. 풍성한 생산에 대한 기대와 즐거움을 담고 있으면서, 노동에 동반되는 육체적인 괴로움을 잠시라도 망각하게 해 줍니다.

그러나 지금은 민요도, 그 민요를 공유하는 공동체도 사라져 가고 있습니다. 이런 시대에 과거에 우리 조상들이 불렀던 민요를 읽어 보는 것은, 인간이 꾸려왔던 공동체에 대한 기억을 되살려 보는 일이 될 것입니다.

말의 재미와 말의 힘

나무 노래

가자 가자 갓나무 오자 오자 옻나무

가다 보니 가닥나무 오자마자 가래나무

한 자 두 자 잣나무 다섯 동강 오동나무

십리 절반 오리나무 서울 가는 배나무

너하구 나하구 살구나무 아이 업은 자작나무

앵도라진 앵두나무 우물가에 물푸레나무

낮에 봐도 밤나무 불 밝혀라 등나무

목에 걸려 가시나무 기운 없다 피나무

꿩의 사촌 닥나무 텀벙텀벙 물오리나무

그렇다고 치자나무 깔고 앉아 구기자나무

이놈 대끼놈 대나무 거짓말 못해 참나무

빠르구나 화살나무 바람 솔솔 솔나무.

새야 새야

새야 새야 파랑새야
녹두밭에 앉지 마라
녹두꽃이 떨어지면
청포장수 울고 간다.

작품
해설

　말은 흔히 의사소통의 도구라고 한다. 느낌이나 생각을 다른 사람에게 전달하는 도구라는 뜻이다. 말이 없다면 느낌이나 생각을 전할 도리가 없으니, 말이 의사소통의 도구라는 말은 틀린 말이 아니다.

　그러나 말의 기능이 그런 범위로만 한정된다면, 인간의 삶은 그만큼 건조해졌을 것이다. 도대체 어떤 기능이 더 있다는 말인가? 무수히 많이 있지만, 그 중에서 빼놓을 수 없는 것이 놀이의 기능이다. 친구들과 이런 저런 대화를 재미있게 나누는 것 자체도 놀이이다. 마치 축구에서 공을 주고받으면서 재미를 느끼는 것과 같다. 말이 지닌 또 다른 의미의 놀이 기능을 보여주는 것은 말의 소리를 이용하는 것이다. 비슷한 소리를 가진 말을 서로 나란히 연결하는 것이다. 뜻은 다른데 소리가 비슷해서 뜻밖의 웃음이 만들어진다. 말의 소리에서 나오는 울림을 이용하는 것이다.

　말에는 또한 스스로 현실을 만들어가는 힘이 있다. '말이 씨가 된다.'는 속담에서 이를 알 수 있다. 좀 어려운 말로 이를 언어의 주술적 기능이라고 한다. 간절한 염원이 노래를 만들고 그 노래를 여러 사람들이 함게 부르다 보면, 노래에 담긴 뜻이 현실에서 이루어지는 것이다. 말이 사람들의 마음속에 스며드는 것이다.

나무 노래

「나무 노래」는 나무 이름을 노래 가사로 지은 것이다. 지방에 따라 등장하는 나무도 다르고 나무 이름과 연관된 사설도 조금씩 다르다. 그러나 모두 동요와 같은 발상을 담고 있어서 재미있다는 공통점을 지니고 있다. 그냥 읽어도 재미있지만 노래로 불러 보면 더 흥이 난다.

우리는 나무에 별 다른 관심을 갖지 않는다. 그리고 나무를 보고 그 이름을 떠올릴 수 있는 것도 아주 제한적이다. 과일나무나 주변에서 흔히 볼 수 있는 나무 등이 전부일 것이다. 나무가 우리 삶과 동떨어져 있기 때문이다. 하지만 옛날 사람들에게는 나무가 삶의 일부였다. 추운 겨울이면 나무를 땔감으로 불을 지폈다. 집을 지을 때 기둥으로, 마루의 재료로 써야 했다. 또한 나무의 열매, 나무 밑에 자라는 버섯 등을 먹으며 살았기에 나무에 대해 지금의 우리보다 훨씬 잘 알고 있었다.

「나무 노래」는 나무꾼들이 불렀을 법하기도 하지만, 아이들이 불렀을 가능성이 더 크다. 나무 이름 앞에 있는 표현들이 유아적 발상에 바탕을 두고 있기 때문이다. 재밌는 표현만 넣는다면 쉽게 지을 수 있는 노래이므로, 아이들도 이 나무 저 나무의 이름을 붙여다 부를 수 있었을 것이다. 아이들은 이 노래들을 부르면서 자연스럽게 나무에 대한 지식을 쌓았고 나중에 어른이 되어 나무를 이용할 때 이 노래를 자연스럽게 떠올리며 읊조렸을 것이다.

「나무 노래」는 나무 이름 풀이와 나무 이름의 대구가 반복되어 나타나고 있다. 이는 운율 형성에 기여한다. 갓나무의 '갓'을 '가자가자'로, 옻나무의 '옻'을 '오자오자'로 표현했다. 이처럼 언어유희를 사용해 나무 이름을 말함으로써 운율을 형성하고 해학적인 분위기를 자아낸다. 하나하나 살펴보기로 하자.

가다 보니 가닥나무고, 오자마자 가라 하여 가래나무다. 한 자 두 자 길이를 재는 갓나무, 다섯으로 동강 낸 오동나무, 십리의 절반인 오리나무, 예전에는 서울 가는 교통수단 중 하나가 배였으므로 서울 가는 배나무, 너하고 나하고 살고자 하는 살구나무, 아이를 업고 자장자장 재우는 자작나무, 노여워서 토라진(앵돌아진) 앵두나무, 물가에서 자라는 물푸레나무, 낮도 밤인 밤나무, 불을 밝힐 것 같은 등나무, 목에 걸릴 것 같은 가시가 있는 가시나무, 기운이 없어 사람들을 피하게 되는 피나무(혹은 피나무의 꽃이 하얀 것이 기운 없는 사람의 얼굴색과 같다고 여겨 피나무), 닥나무의 닥을 발음이 비슷한 닭과 연결해 닭과 모습이 비슷한 꿩을 이끌어들여 표현한 닥나무, 물오리가 물을 차는 소리의 표현인 텀벙텀벙과 비슷한 물오리나무, 그렇다고 치는 치자나무, 깔고 앉아 구겨진 구기자나무, 이놈 떼끼 이놈 하면서 회초리로 쓰는 대나무, 거짓말을 못해 참나무, 빠른 화살나무, 바람이 솔솔 부는 소나무인 것이다.

말장난을 통해 나무 이름을 열거하면서 재미를 주는 기발한 노래가 아닌가. 단순히 나무 이름만 줄줄 부르는 게 아니다. 나무 이름과 비슷한 소리가 나는 사물, 행동, 상황 등을 연관시켜 소개해야 한다. 듣고 보면 쉽게 지을 수 있을 것 같지만, 그냥 아무렇게나 지을 수 있는 노래는 아닌 것이다. 창의력을 요하는 노래라 할 수 있겠다.

형식을 보면 「나무 노래」는 두 마디를 주기로 '~나무'가 반복된다. 그래서 음을 모르고 낭송하기만 해도 가락이 느껴진다. 그래서 「나무 노래」를 부르면 말의 재미로 어깨가 들썩들썩, 입술이 씰룩씰룩, 엉덩이가 흔들흔들 하고, 웃음이 절로 절로 나는 것이다. 이처럼 「나무 노래」는 지식은 지식대로 얻고 재미는 재미대로 얻는 일석이조의 효과를 지닌 노래라 할 수 있겠다.

새야 새야

「새야 새야」는 아이들의 목소리를 빌린 어른의 노래로 볼 수 있다. 이 노래가 어떻게 만들어졌는지에 대해서는 확실하게 밝혀진 바는 없다. 대략 원래부터 「새야 새야」라는 민요가 있었는데, 동학농민운동(1894년) 때 이 민요의 가사를 바꾸어 불렀다는 설이 유력하다. 이런 가설을 믿고 말의 힘을 중심으로 이 노래에 접근해 보기로 하자.

파랑새는 녹두밭에 앉으려고 한다. 그렇다면 왜 파랑새가 녹두밭에 앉지 못하게 하는 것일까. 그 이유가 뒤에 나온다. 파랑새가 녹두밭에 앉았다가 녹두꽃을 떨어뜨릴 수도 있기 때문이다. 열매를 맺지 못한 채 꽃이 떨어지면 그 해의 녹두 농사는 망한 것과 다름없다. 그렇게 본다면 여기서 파랑새는 불청객이다. 찌르 찌르의 꿈과 희망을 상징하는 파랑

파랑새

새와는 전혀 다르다. 이 불청객 때문에 녹두 농사가 망하면 그 피해는 고스란히 청포장수에게 돌아간다. 농사를 망쳤으니 청포장수는 먹고 살길이 막막할 것이고 그 막막함에 눈물을 흘리고 말 것이다.

표면적으로 보면 이런 내용이지만 동학농민운동과 관련지어 생각해 보면 또 다른 의미를 지닌다. 여기서 파랑새는 일본군을 뜻한다. 부패한 권력에 저항했던 동학농민운동 당시 조정은 일본군의 힘을 빌려 민란 세력을 제압하고자 했다. 일본군의 군복이 푸른색이어서, 또는 섬나라인 일본을 바다색인 파랑새로 불렀다는 것이다. 녹두는 녹두장군으로 불린 전봉준을 상징한다. 여기에 전봉준을 따라 일본군에 대항하는 사람들도 추가될 수 있을 것이다.

그렇다면 왜 전봉준을 녹두장군이라 했을까? 전봉준은 어렸을 때부터 키가 작았기 때문에 녹두라는 별명을 가졌다고 한다. 그래서 사람들은 동학농민운동의 지도자인 그를 녹두장군이라는 애칭으로 불렀다는 것이다. 녹두는 다 자라봐야 80cm 정도로 작은 콩과 식물이다. 민간에서는 이러한 녹두로 피부병을 고치고 해열·해독제로 썼다. 그렇다면 전봉준을 녹두로 표현한 것은 단순히 키가 작아서라는 이유 때문만은 아니다. 일본을 피부병을 일으키는 병균으로 보고, 이에 대항하는 영웅 같은 존재로 전봉준을 대입한 것은 아니었을까.

그렇다면 청포장수는 또 무엇인가. 청포는 녹두로 만든 묵이다. 흔히 청포묵이라고 부른다. 그 묵을 파는 청포장수는 녹두가 잘 자라야 그 녹두로 묵을 만들어 팔 수 있다. 그러나 파랑새가 녹두밭에 앉아서 녹두밭을 휘저어 놓는다면 녹두는 열매도 못 맺고 꽃봉우리 상태 그대로 떨어져 버린다. 그렇게 되면 청포장수는 시작도 해보기 전에 장사를 접어야 할 것이다. 이렇게 본다면 청포장수는 동학농민군의 승리를 바라는 자들, 즉 일제의 탄압에 시달리는 백성들이 된다. 동학농민군이 승리하길 바라는 백성의 마음을 녹두가 잘 여물기를 바라는 청포장수의 마음으로 나타낸 것이다.

역사적인 결과로 보자면 청포장수의 장사는 망했다고 볼 수 있다. 동학농민운동이 실패로 끝났기 때문이다. 그러나 백성들은 그들의 업적을 노래로 기리고 자장가로, 동요로 아이들에게 불러주었다. 동학농민전쟁 이후 거의 50년이 지난 뒤에 우리가 일제의 식민지 신세에서 벗어날 수 있었던 데에는 이런 염원들이 담긴 노래의 힘도 크게 작용했을 것이다. 오늘날에도 우리가 우리의 역사에 대해 자부심을 가질 수 있는 것 또한 이런 노래 덕분이라 할 것이다.

옛날이나 지금이나 부패하고 암담한 시대에는 원대한 기치를 내건 선지자들이나 의인들이 이 땅에 오고 가곤 한다. 하지만 그 시대 사람들의 무지나 당대의 정치권력으로 인해 큰 뜻을 이루지 못하고 평가도 제대로 받지 못하는 경우가 많다. 그렇지만 우리는 동학농민군의 경우처럼 싸움에선 졌지만 정신적으로는 승리한 경우를 볼 수 있다. 염원을 담은 말은 노래가 되고, 그 노래에는 힘이 실려 있기 때문이다.

「나무 노래」나 「새야 새야」는 모두 민요로 특정한 창작자 없이 민중들 사이에 자연스럽게 형성되어 전해 내려온 노래이다. 두 노래 모두 재미있는 우리말의 묘미를 느낄 수 있다. 그러나 「나무 노래」와 「새야 새야」는 단순히 흥미 위주의 노래는 아니었다. 두 노래 모두 그 속에 담긴 의미가 있다. 「나무 노래」는 생활 속에 필요한 나무들의 이름을 어른들이 아이들에게 가르쳐주었다. 「새야 새야」는 노랫말에 민족적 염원을 담았고, 끝내 역사를 바꾸는 힘을 보여주었다. 두 노래는 말이 지닌 의사소통의 기능과는 전혀 다른 말의 재미와 의미, 그리고 묘미까지 한꺼번에 보여준다.

1. 「나무 노래」에서 사설을 엮는 원리를 적용하여 다음 나무에도 사설을 붙여 보자.

> · 뽕나무
> · 등나무
> · 스무나무
> · 가문비나무
> · 사시나무
> · 단풍나무

2. 「새야 새야」의 파랑새를 전봉준으로 보는 유래는 앞에서 밝혔지만, 그 유래를 다음과 같이 보기도 한다. 다음을 참조하여, 자신의 성씨에 해당되는 한자를 풀어서 자신에게 호칭을 부여하고, 그렇게 한 이유를 밝혀보자.

> 전봉준의 성씨 전(全)자를 분리하면, '팔(八)'과 '왕(王)'이 된다. 이 '팔왕'이 변형되면서 파랑새가 되었다고 한다.

서러워라, 시집살이

시집살이 노래

형님 온다 형님 온다 분고개로 형님 온다
형님 마중 누가 갈까 형님 동생 내가 가지
형님 형님 사촌 형님 시집살이 어떱뎁까
이애 이애 그 말 말아 시집살이 개집살이
앞밭에는 당초* 심고 뒷밭에는 고추 심고
고추 당초 맵다 해도 시집살이 더 맵더라
둥글둥글 수박 식기 밥 담기도 어렵더라
도리도리 도리 소반* 수저 놓기 더 어렵더라
오리 물을 길어다가 십리 방아 찧어다가
아홉 솥에 불을 때고 열두 방에 자리 걷고
외나무다리 어렵대야 시아버니같이 어려우랴
나뭇잎이 푸르대야 시어머니보다 더 푸르랴
시아버니 호랑새요 시어머니 꾸중새요
동세 하나 할림새요 시누 하나 뾰족새요

시아지비 뾰중새요 남편 하나 미련새요

나 하나만 썩는 샐세

귀 먹어서 삼년이요 눈 어두워 삼년이요

말 못해서 삼년이요 석삼년을 살고 나니

배꽃 같던 요내 얼굴 호박꽃이 다 되었네

삼단* 같던 요내 머리 비사리춤*이 다 되었네

백옥 같던 요내 손길 오리발이 다 되었네

열새 무명 반물 치마 눈물 씻기 다 젖었네

두 폭 붙이 행주치마 콧물 받기 다 젖었네

울었던가 말았던가 벼개 머리 소(沼) 이뤘네

그것도 소라고 거위 한 쌍 오리 한 쌍

쌍쌍이 때 들어오네.

*당초 : 고추의 다른 이름. 반복을 피하기 위해 사용했음.
*도리 소반 : 둥글게 생긴 조그마한 상.
*삼단 : 숱이 많음을 이르는 말.
*비사리춤 : '댑싸리비 모양으로 거칠고 뭉뚝해진 머리털'의 비유.

잠 노래

잠아 잠아 짙은 잠아 이 내 눈에 쌓인 잠아
염치불구 이 내 잠아 검치두덕* 이 내 잠아
어제 간밤 오던 잠아 오늘 아침 다시 오네
잠아 잠아 무슨 잠고 가라 가라 멀리 가라
시상 사람 무수한데 구테 너난 갈 데 없어
원치 않는 이 내 눈에 이렇닷이 자심하뇨
주야에 한가하여 월명동창 혼자 앉아
삼사경 깊은 밤을 헛되이 보내면서
잠 못 들어 한하는데 그런 사람 있건마는
무상* 불청* 원망 소리 온 때 마다 듣난고니*
석반*을 거두치고 황혼이 대듯마듯
낮에 못한 남은 일을 밤에 할랴 마음먹고
언하당* 황혼이라 섬섬옥수 바삐 들어
등잔 앞에 고개 숙여 실 한 바람 불어 내어
더문더문 질긋 바늘 두어 뜸 뜨듯마듯
난데없는 이 내 잠이 소리 없이 달려드네
눈썹 속에 숨었는가 눈 알로 솟아온가
이 눈 저 눈 왕래하며 무슨 요수* 피우든고
맑고 맑은 이 내 눈이 절로 절로 희미하다.

*검치두덕 : 욕심 언덕. 잠을 자고픈 욕심이 언덕처럼 쌓였다는 뜻.

*무상 : 덧없이.

*불청 : 원하지 않는. '무상'은 문맥적 의미를 알 수 없음.

*듣난고니 : 듣는 것이냐?

*석반 : 저녁 밥상.

*언하당 : 말이 끝나자마자 바로. 여기서는 '생각을 하자마자 바로'라는 뜻.

*요수 : 요망한 수.

작품
해설

    시집살이. 결혼한 여자가 시집에 들어가서 살림살이 하는 일을 일컫는 말이다. 예전에는 여자가 결혼을 하면 대개 시집살이를 겪는 것이 보통이었다. 그러나 한국 사람들에게 '시집살이'라는 말은 보통의 살림살이가 아니라 고생이라는 말과 동의어로 이해되곤 한다. 여기에는 시댁과 며느리 사이가 대부분 불편할 것이라는 전제가 포함되어 있다. 핵가족화로 공동생활을 하지 않는 현대에도 이런 이미지가 남아 있는데, 다같이 모여 살았던 과거에는 시집살이가 얼마나 더 힘들었을까.

    조선시대에는 남자가 귀하고 여자는 천하다는 남존여비(男尊女卑) 사상이 팽배했다. 귀하게 아들을 키웠으니 집에 들어오는 며느리가 시집 식구들을 상전처럼 떠받들어야 함은 당연했을 터이다. 오죽하면 여자는 한 번 시집가면 시댁 울타리 밑에서 죽어야 한다는 말이 있었겠는가. 이러니 며느리들은 부당한 대우에도 참고 참으며 울분을 속으로 삭힐 수밖에 없었고, 그네들이 한을 담아 불렀던 민요가 바로 「시집살이 노래」나 「잠 노래」이다. 요컨대 이 노래는 남성 중심의 봉건적 대가족 제도 아래에서 여자들이 겪는 시집살이의 고통을 적나라하게 표현한 작품이라 할 수 있다.

　여기 실린 작품은 여러 시집살이 노래들 중 경북 경산 지방에서 구전되던 민요로, 시집간 사촌언니가 동생과 대화하는 형식으로 구성되어 있다. 동생에게 털어놓는 듯 하소연하는 말투가 진솔하다. 감정을 숨기지 않아서 직설적이기도 하지만, 다양한 비유와 같은 표현법이 활용되어 해학적인 느낌을 자아내기도 한다.

　동생이 언니의 시집살이에 대한 근황을 묻자 언니는 시집을 개집에 비유하며 그 어려움을 토로하기 시작한다. 고추의 속성을 들어 시집살이의 매움을 표현한 데 이어, 살림살이의 세목들을 수치와 결합시켜 열거하면서 그 고충을 드러내고 있다. 수박 식기는 수박처럼 둥근 그릇을, 도리소반은 둥글고 작은 밥상을 말한다. 오리, 십리, 아홉 솥, 열두 방은 모두 많고 어렵다는 느낌을 주기 위해 사용한 정감적 표현들이다. 각각의 단어들은 리듬감을 강조하거나 과장스럽게 표현하여 말의 재미를 추구한 흔적이 엿

도리소반

보인다. 시아버지 앞에서의 어려움은 외나무다리를 건너는 것보다 더하고, 시어머님의 서슬 퍼런 태도는 나뭇잎보다 더 푸르다는 표현에도 우리의 귀를 붙들어 매는 재미가 있다.

　시댁 가족들을 새로 묘사한 부분은 그 해학적 표현이 두드러진다. 호랑새, 꾸중새, 할림새(허물을 일러바침), 뾰족새, 뾰중새, 미련새는 모두 그 사람을 드러내는 특징에 '새'를 덧붙여 일정한 운율과 표현미를 동시에

얻어냈다. 덧붙여 타들어가는 자신의 속을 '썩는 새'로 묘사하여 힘든 처지를 익살스럽고 해학적으로 그려내니, 우리말의 묘미가 놀랍다.

화자는 못 듣는 척, 못 본 척, 말하지 못하는 척하며 참고 살아낸 세월이 야속하다. 동생에게 서럽게 토로하다 보니 시댁에 대한 원망은 이미 세월을 따라 덧없이 늙어간 자신에 대한 연민으로 이어진다. 고단한 시집살이를 견뎌낸 탓에 예전의 아름다움은 온데간데없고 초라하게 늙은 몸이 화자를 더욱 억울하게 만들었다. 배꽃·삼단·백옥은 아름다움을 나타내는 말로, 호박꽃·비사리춤(싸리나무의 껍질)·오리발은 시든 외모를 나타내는 말로 쓰여 화자의 모습을 상상할 수 있게 한다. 예쁘게 차려입었던 치마는 눈물을 닦느라 젖고, 일하느라 걸친 행주치마는 콧물을 닦느라 젖었다는 묘사에서는 시집살이의 애로가 커다랗게 부각된다.

하루 일을 마치고 베개에 머리를 누이면 하도 울어서 눈물이 소(沼), 곧 연못을 이룰 정도다. 연못에 거위와 오리들이 쌍으로 들어온다는 표현은 어린 자식들이 어미 품을 파고드는 모양새를 과장해서 표현한 것이다. 이는 괴로운 생활을 자식들을 통해 위로받는다는 뜻으로 해석할 수 있겠다. 아무리 고된 시집살이에 좌절감을 느껴도, 그나마 자식들에 대한 사랑이 있으므로 마음을 다잡으며 혹독한 생활을 극복 혹은 체념할 수 있었을 것이다.

이 노래가 만일 괴로운 시집살이를 직설적으로 토로만 했다면, 계속 구전될 수 있는 동력을 잃었을지도 모른다. 우리말을 활용한 재치 있는 묘사와 당시 아녀자들의 고충을 소박하고 진실하게 표현했기에 생명력을 얻을 수 있었던 것으로 보인다. 여기에 민중 노래 특유의 해학과 풍자가 어우러져 있는 점도 문학적 가치를 드높이는 다른 요인이다.

잠 노래

민중들이 창작하고 불러 전해지는 민요들 중에서 이렇게 부녀자들이 부른 노래를 부요(婦謠)라 한다. 부요는 그들의 삶과 애환을 다양한 감정으로 나타냈고, 그 표현이 직설적이면서도 해학적이라 보다 생생한 목소리를 들을 수 있다. 가난한 현실에서 조금이라도 벗어나기 위해 부녀자들은 밤낮을 가리지 않고 일에 몰두할 수밖에 없었다. 대개 낮에는 농사일과 집안일 등으로 바쁜 일과를 보낸 뒤, 바느질과 다림질 등 남은 집안일은 밤에 몰두해야 했을 것이다. 그녀들이 피곤한 몸을 이끌고 밤일을 할 때 불렀음직한 노래가 「잠 노래」이다.

「시집살이 노래」의 화자가 사촌 동생을 대상으로 노래를 불렀다면, 이 「잠 노래」의 청자는 잠을 의인화하여 말을 건네고 있다는 점이 특징이다. 해야 할 일이 산더미처럼 쌓여있는 상황에서 찾아온 불청객 '잠'을 대화의 상대로 삼고 있는 것이다.

화자는 쏟아지는 잠을 검치두덕(잠 욕심)으로 표현하면서 하소연을 시작한다. 잠이 원망스럽기만 하다. 세상에는 시간을 헛되이 보내면서 잠 못 드는 이들도 많은데 왜 하필 원하지도 않는 자신에게만 찾아와 자꾸 졸리게 만드는가. 저녁 밥상을 치우고 해가 저물자마자 낮에 밀린 바느질을 시작했더니 피곤함에 잠이 몰려든다. 잠이 어디에 숨어 있다가 나타나 술수를 부리는지 맑았던 눈이 차츰 감기고 시야는 희미해지고 있다.

지친 몸으로 꾸벅꾸벅 졸면서 바느질을 하는 아낙을 그려보자. 온 가족이 잠들어 있는 고요한 밤, 자꾸 오는 잠을 원망하며 부지런히 손을 놀리는 모습이 애처롭다. 답답한 심정을 말로 풀고 싶어 애초에 말 못하는 잠을 대화의 상대로 설정했을지도 모르겠다. 어떤 말을 해도 대답을 들을 수 없는 상대지만 그래서 더 안심하고 모든 것을 말할 수 있어 좋다. 시댁 식구들처럼 뾰족하게 내쏘지 않을 테고 남편처럼 무심하게 넘기지 않으니 그것만으로도 좋다.

이 작품이 노래임을 다시 생각해보자. 화자는 답답한 마음을 마냥 한탄만 하지 않고 노래로써 시름을 풀어냈다. 슬픔보다는 해학으로, 한탄보다는 익살로 다독였다는 점이 이 민요가 민중들에게 사랑받았던 이유일 것이다. 일을 하면서 불렀다는 점에서 이 작품은 노동요로 구분할 수도 있다. 그러나 일에 몰두하도록 독려하는 내용이 아니라 상황을 서정적으로 묘사하는 데 집중하고 있으므로, 「시집살이 노래」와 같은 부요로 보는 것이 옳다 하겠다.

어머니들이 부르고 그 딸들이 들으며 전해진 노래가 부요다. 삶을 엮어 노래로 표현하다보니 그 애환이 더욱 가슴에 와 닿는다. 이처럼 민요는 민중의 소리를 가감 없이 표현하여 구비전승 되었으므로 더욱 넓은 공감대를 형성할 수 있었다. 현대를 사는 우리들은 소박하게 불리던 노래를 통해 당시 사상·생활·감정 등을 배우고 이해할 수 있을 것이다.

한 걸음 더

1. 「시집살이 노래」에서 과거의 모습과 현재의 모습을 대비하는 아래 대목을 참고하여, 자신의 삶을 성찰하는 노랫말을 지어 보자.

> 배꽃 같던 요내 얼굴 호박꽃이 다 되었네
> 삼단 같던 요내 머리 비사리춤이 다 되었네
> 백옥 같던 요내 손길 오리발이 다 되었네

2. 다음은 다른 앞의 「잠 노래」와 다른 지역에서 전승되는 잠 노래이다. 정서와 분위기를 비교해 보자.

> 잠아 잠아 오지 마라.
> 요내 눈에 오는 잠은
> 말도 많고 흉도 많다.
> 잠 오는 눈을 쏙 잡아빼어
> 탱자나무에 걸어놓고
> 들며 보고 나며 보니
> 탱자나무도 꼬박꼬박

아리랑에 담긴 애환

진도 아리랑

(후렴) 아리아리랑 쓰리쓰리랑 아라리가 났네
아리랑 응응응 아라리가 났네.

문경 새재는 웬 고갠가
구부야 구부 구부* 가 눈물이로구나.
(후렴)

세월아 네월아 오고 가지를 마라
아까운 이내 청춘 다 늙어 간다.
(후렴)

저 건네 저가시나 눈매를 보아라
가매 타고 시집가기는 영 틀렸네.
(후렴)

오다가 가다가 만나는 님은
울목이 끊어져도 나는 못 놓것네.
(후렴)

청천 하늘엔 잔별도 많고
이내 가슴속에는 수심도 많다.
(후렴)

*구부 : 구비

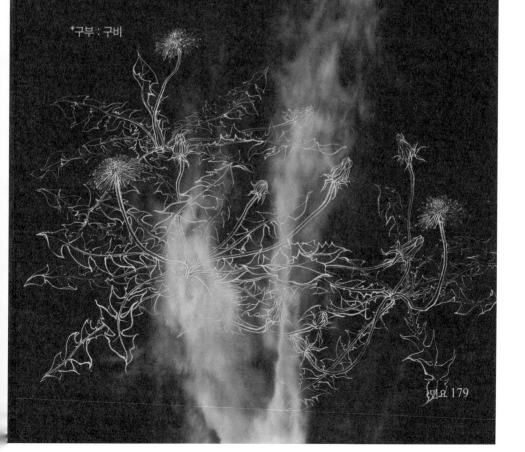

밀양 아리랑

날 좀 보소 날 좀 보소 날 좀 보소
동지섣달 꽃 본 듯이 날 좀 보소
(후렴) 아리아리랑 쓰리쓰리랑 아라리가 났네
아리랑 고개로 넘어간다.

정든 님이 오시는데 인사를 못 해
행주 치마 입에 물고 입만 방긋.
(후렴)

울 너머 총각의 각피리 소리
물 긷는 처녀의 한숨 소리.
(후렴)

늬가 잘나 내가 잘나 그 누가 잘나
구리 백통 지전*이라야 일색이지.
(후렴)

*지전 : 당시의 지폐를 이르는 말.

작품
해설

아리랑은 시대와 역사의 구비마다 변천을 거듭하며 우리 민족의 한
과 신명을 대변해 왔다. 아리랑은 여러 가지 민요 중에서도 전국적으로
가장 널리 분포되어 있는 노래이다. 그 종류도 다양해서 대략 구한말 시
기에 널리 번졌다는 '본조 아리랑'이 있고, 지역 곳곳에서 고유하게 전
해 내려오는 아리랑도 있다. 본조 아리랑의 노랫말은 "아리랑 아리랑
아라리요 아리랑 고개를 넘어간다. 나를 버리고 가시는 임은 십리도 못
가서 발병이 난다."이다. '본조'라는 말은 지역 명칭을 거느리고 있는
다른 아리랑과 구별하기 위해 붙인 것이다. 지역에서 전승되는 아리랑
중에서는 대표적으로 「정선 아리랑」, 「밀양 아리랑」, 「진도 아리랑」을
꼽을 수 있다. 여기에서는 전라도와 경상도를 대표하는 「진도 아리랑」
과 「밀양 아리랑」을 살펴보기로 하자.

진도 아리랑

「진도 아리랑」은 다른 3대 아리랑들과는 달리 분포 지역이 매우 넓
다. 전라도 지역뿐만 아니라 충청남도와 경상남도의 일부 지역, 제주도

등지에도 넓게 분포되어 있다.

「진도 아리랑」의 첫머리에 놓이는 후렴구는 노래의 흐름을 안정적으로 이끄는 역할을 한다. 1절에서 화자는 고단한 삶과 현실에 대한 비애를 '문경새재'라는 고개에 빗대어 노래하고 있다. 문경새재는 경상북도 문경과 충청북도 괴산을 연결하는 높다란 고개로, 새도 쉬어 넘을 정도로 높다는 의미가 녹아 있다. 한자어로는 조령(鳥嶺)이라 한다. 그 고개를 넘는 길은 구비 구비 눈물이어서 인간사의 온갖 질곡과 애로를 함축한 길이다. 그러니까 몇 구비냐고 묻는 것은 그 수치에 대한 궁금증이 아니다. 그것은 거기에 쏟아야 할 땀과 눈물의 양을 예측하거나 회상할 때 느껴지는, 몸을 짓누르는 묵직한 삶의 짐에 대한 두려움이다.

여기서 잠깐, 이런 의문도 들 것이다. 왜 진도지방의 노래에 지리적으로 천리나 떨어진 지역에 있는 '문경새재'가 나오는가 하는 의문. 더욱이 민요는 원래 지역적 색채가 강한 노래이기에 이러한 의구심은 합리적이기도 하다. 그래서 '문경새재'는 다른 말이 잘못 전해진 것으로 보기도 한다. 어떤 이는 '문 밖의 세 고개, 즉 출생과 삶 그리고 죽음'을 뜻하는 '문전 세 재'가 원래의 사설이라 하기도 하고, 또 어떤 이는 진도 앞의 세 고개인 남산재·연등재·굴재를 '문전세전'이라고 하는데, 이것이 문경새재로 변했다고 주장하기도 한다. 그러나 문경새재가 높은 고개의 대명사처럼 널리 쓰였다면, 진도 지방의 노래라고 해서 문경새재를 사설에 포함시키지 못할 이유가 없다. 일상생활에서도 다른 나라의 지명에 빗대어 어떤 사태나 심리를 표현하는 경우가 많기 때문이다.

「진도 아리랑」의 특징은 1절을 제외하고 나머지 사설이 끊임없이 즉

흥적으로 배열되면서 노래가 이어진다는 점이다. 정해진 순서가 없이 노래의 내용이 들쭉날쭉 이어지는 것이다. 세월이 빨리 흘러감을 한탄하고 안타까워하다가, 젊은 처녀 총각의 연애 행각을 읊조리기도 하고, 또 어느 새 자신의 신세 한탄으로 넘어가기도 한다. 이는 민요가 전문적인 가창 능력 없이도 연행될 수 있고, 또 현장에서 연행됨으로써 생명력을 얻는 장르이기 때문에 생기는 현상이다. 아리랑타령 가사집에 의하면 「진도 아리랑」의 노랫말 수가 약 750여개나 된다고 한다.

또한 「진도 아리랑」은 육자배기토리*의 가락에 판소리의 구성진 목청이 어우러진 진도 지방 특유의 맛을 지니고 있다. 임권택 감독의 영화 <서편제>의 가장 명장면으로 꼽히는, 청산도의 돌담길을 따라오며 노래를 부르는 장면에서 등장하는 아리랑도 바로 「진도 아리랑」이다.

*전라도 민요의 특징이 전형적으로 나타나 있는 육자배기의 명칭을 딴 '육자배기토리'는 전라도 민요의 선율적 특징을 가리키는 말이다. '토리'라는 용어는 각 민요권의 선율적 특징을 나타내는 말로서, 전라도가 '육자배기토리', 경상도를 포함한 강원도, 함경도 등 동해안지방은 경상도의 메나리라는 민요에 바탕을 두고서 '메나리토리'라 부른다.

영화 〈서편제〉

이 명장면에서 나오는 「진도 아리랑」은 마치 우리네 한을 끄집어내어 폭발시키면서도 한편으로는 달래주는 듯하다. 많은 사람들이 이 장면을 명장면으로 꼽는 이유가 바로 아리랑의 힘인 것이다.

　이제 밀양을 중심으로 경상남도 지방에 널리 전하는 「밀양 아리랑」
으로 넘어가기로 하자.

　이 노래에는 슬픈 전설이 동반한다. 옛날 밀양 부사 이 모에게 아랑
(阿娘)이라는 딸이 있었다. 자태가 곱고 인덕이 아름다워 많은 사람들이
부러워하고 사모하였다. 그때 관아에서 일하던 젊은이가 아랑을 본 뒤
사모함을 억제하지 못하고 아랑의 유모로 하여금 아랑을 유인하도록
하였다. 아랑은 유모의 권유로 달구경을 가서 한참 달을 보는데, 갑자기
유모는 간데 없고 젊은 사나이가 간곡히 사랑을 고백했다. 아랑이 차갑
게 거절을 하자 사나이의 연정이 증오로 변해 비수로 아랑을 살해하고
숲 속에 묻어 버렸다. 지금 전하는 「밀양 아리랑」은 그때 밀양의 부녀자
들이 아랑의 정절을 사모하여 아랑 아랑하고 부르다가 이것이 오늘날
의 '아리랑'으로 변해 왔다는 것이다.

　「밀양 아리랑」의 시작은 동지섣달 한겨울에 있을 리 없는 꽃을 본 것
과 같은, 반갑고도 소중히 여기는 태도로 자신을 보아 달라는 사랑의 호
소로 시작된다. 화자는 임의 애정을 호소하는 적극적인 구애(求愛)의 태
도를 보인다고 할 수 있다. 거기에 정든 임이 오시는데 한 마디 인사를
못하고 수줍게 미소만 짓는 여인의 모습이 보인다. '총각'은 '처녀'에게
사랑을 고백하는 대신 울타리 너머에서 피리만 불고 있으며, '처녀'는
그에게 다가가지 못하고 한숨만 쉬고 있다. 청춘 남녀의 순수하고 소박
한 관심과 애정을 표현한 부분이다.

　마지막 4절은 1~3절과는 정서와 분위기가 이질적인 것으로 보인다.

이처럼 이질적인 사설이 나오는 것은, 이 노래뿐만 아니라 입으로 연행되고 입으로 전승되는 모든 민요의 운명이다. 4절에 등장하는 구리 백통은 구리돈과 백통돈을 의미한다. '백통'은 구리, 아연, 니켈의 합금으로 화폐 주조에 주로 쓰였다. 또한 지전(紙錢)은 당시의 지폐를 의미하므로 4절은 돈을 숭상하는 배금주의(拜金主義) 풍조를 풍자하는 사설로도 볼 수 있겠다.

'아리랑'은 일제강점기 시절에는 나라 잃은 슬픔을 노래하기도 하였다. 1926년 나운규의 〈아리랑〉이라는 영화가 반일 감정을 반영한 채 개봉되자 아리랑이라는 노래까지 총독부가 탄압하게 되었고, 끝내는 민들레처럼 질긴 생명력으로 오늘날까지 우리 민족을 대표하는 노래로 자리 잡았다. 오늘날의 우리는 월드컵에서 훌륭한 기량을 선보이는 축구 선수단에게 보내는 응원가로 아리랑을 부르기도 하고, 아리랑 선율에 맞추어 은반 위에서 춤추는 피겨스케이팅 선수를 보며 환희를 느끼기도 한다.

중국에서는 '아리랑'을 자국의 문화로 둔갑시켜 유네스코에 등재하려는 움직임을 보이고 있다고 한다. 그러나 그렇게 될 리는 없을 것이다. 아리랑이야말로 우리 민족의 문화적 DNA를 듬뿍 머금은 유산이기 때문이다.

한 걸음 더

1. '아리랑'이라는 말이 포함된 간판을 찾아보자. 어떤 업종에서 주로 활용하고 있으며, 왜 그런 현상이 생겼는지 추측해 보자

2. 다음은 또 하나의 유명한 아리랑인 「정선 아리랑」(정선 아라리)이다. 노랫말의 정서와 분위기를 앞의 「진도 아리랑」 및 「밀양 아리랑」과 비교해 보자.

> 수심 편
> 눈이 올려나 비가 올려나 억수장마 질라나
> 만수산 검은 구름이 막 모여 든다
> 명사십리가 아니어든 해당화는 왜 피며
> 묘춘삼월이 아니라며는 두견새는 왜 우나
> 오늘 갈런지 내일 갈는지 정수정망이 없는데
> 맨드라미 줄봉숭아는 왜 심어났나
> (후렴) 아리랑 아리랑 아라리요아리랑 고개로 날 넘겨주게
>
> 애정 편
> 아우라지 뱃사공아 배 좀 건네주게
> 싸리골 올 동박이 다 떨어진다
> 떨어진 동박은 낙엽에나 쌓이지
> 잠시 잠간 임 그리워 나는 못 살겠네
> (후렴) 아리랑 아리랑 아라리요아리랑 고개로 날 넘겨주게

일으켜 세우기와 가라앉히기

강강술래

달아 달아 밝은 달아 강강술래
이태백이 놀던 달아 강강술래
저기 저기 저 달 속에 강강술래
계수나무 박혔으니 강강술래
옥도끼로 찍어 내어 강강술래
금도끼로 다듬어서 강강술래
초가삼간 집을 지어 강강술래
양친 부모 모셔다가 강강술래
천년만년 살고지고 강강술래
천년만년 살고지고 강강술래.

쾌지나 칭칭나네

쾌지나 칭칭나네
하늘에도 별도 총총
쾌지나 칭칭나네
가자 가자 어서 가자
쾌지나 칭칭나네
이수 건너 백로 가자
쾌지나 칭칭나네
시내 강변에 자갈도 많다
쾌지나 칭칭나네
살림살이는 말도 많다
쾌지나 칭칭나네
하늘에다 베틀을 놓고
쾌지나 칭칭나네
잉어 잡아 북을 놓세

쾌지나 칭칭나네
정월이라 대보름날
쾌지나 칭칭나네
팔월이라 추석날은
쾌지나 칭칭나네
세월은 흘러도 설움만 남네
쾌지나 칭칭나네.

자장노래

멍멍개야 짖지 마라
꼬꼬닭아 울지 마라
우리 아기 잘도 잔다
자장자장 우리아기
엄마 품에 폭 안겨서
칭얼칭얼 잠 노래를
그쳤다가 또 하면서
쌔근쌔근 잘도 잔다.

작품
해설

민요는 일반 민중들 사이에서 자연스럽게 형성되어 입에서 입으로 전해지는 노래이다. 민요에는 우리 민중 공동체의 희로애락이 담겨져 있다. 누구나 공감할 수 있는 보편적인 정서를 담고 있기 때문에 그 연행에 쉽게 동참할 수 있다. 아주 전문적인 수련을 쌓은 사람들만 부를 수 있는 판소리와는 달리 누구라도 쉽게 부를 수 있는 비전문적인 노래라는 점도 참여의 폭을 넓히는 요건이다.

여러 가지 민요 중에서도 특히 많은 사람들의 참여를 통해 그 흥과 신명이 제대로 발휘되는 민요가 있으니, 그것은 곧 춤을 동반하는 민요들이다. 이를 무용유희요라고 한다. 앞에서 감상한 「아리랑」이 혼자서나 여럿이서 나무를 하다가 혹은 김을 매다가 주로 입으로 부르는 노래라면, 이제부터 살펴볼 노래들은 춤과 함께 연행된다는 점에서 성격이 다르다.

강강술래

「강강술래」는 주로 전라도 지방에서 전해 내려오는 민속놀이인 강강

강강술래를 추고 있는 모습

술래를 하며 부르는 노래이다. 이 노래가 놀이에 필수로 들어가 있다는 점을 고려해 보면, 이 노래의 역할이 단순히 놀이를 보조하는 정도를 넘어선다는 것을 짐작할 수 있다. 강강술래는 선후창(先後唱) 형식을 가진다. 선후창 형식이란, 한 사람이 먼저 노래를 하면, 나머지 사람들이 후렴(혹은 여음)에 해당되는 부분을 합창하면서 선창자의 노래에 조응하는 형식을 일컫는다. 「강강술래」에서는 후창자들이 '강강술래'를 맡아서 노래를 한다.

「강강술래」는 입에서 입으로 전해진 만큼 매우 다양한 사설들이 존재한다. 여기에 실린 「강강술래」는 달 속에 있는 계수나무를 가져다가 집을 지어 부모와 함께 오래오래 살고 싶다는 자식의 효심을 담고 있다. 노랫말은 이렇게 단순하고 소박하다. 다만 두 가지 의문점만 해소하고 넘어가기로 하자.

먼저 이 노랫말에 등장하는 이태백은 누구일까? 그는 중국 당나라 시대의 시인으로 당시 시선(詩仙)으로 불릴 만큼 이름난 시인이었다. 그가 좋아했던 것은 술이었다. '이태백이 놀던 달'이라는 표현은 이태백이 강에서 술을 마시면서 뱃놀이를 즐기던 중 강물에 비친 달을 잡으려다 물에 빠져 죽었다는 전설에서 비롯된 것이다. 이렇게 달로 시작한 「강강술래」는 이런 저런 달 이야기들을 노래에 담아내고 있다.

그리고 달 속에는 왜 하필 계수나무가 박혀 있다고 했을까? 아마도 '반달'이라는 동요를 기억할 것이다. 거기에도 나온다. "푸른 하늘 은하수 하얀 쪽배엔/계수나무 한 나무 토끼 한 마리"라는 노랫말. 밤하늘의 달을 보면 약간 얼룩이 진 듯한 부분이 있다. 옛 사람들은 이 부분을 마치 토끼가 계수나무 옆에서 방아를 찧고 있는 형상으로 보았다. 여기에 이야기도 만들었다. 토끼가 찧는 것은 떡이 아니라 불로장생의 약이다. 약 속에는 계수나무 껍질이 들어간다. 계수나무는 가을에 씨앗이 떨어지면 그 해 바로 싹을 틔울 정도로 번식력이 강하다고 한다. 그러니 달을 보면서 계수나무를 떠올리는 것은 거의 자동화되어 있는 연상 작용의 결과라 할 수 있을 것이다.

이 기회에 민요의 독특한 표현 방식 하나를 짚고 넘어가기로 하자. 흔히 민요 사설의 보편적인 표현 방식 중의 하나로 aaba 구조를 든다. 이는 같은 소리가 두 번 반복되고 다른 소리가 한 번 나온 뒤, 다시 원래의 소리가 한 번 더 추가되는 사설 엮음 방식이다. 「강강술래」에도 이러한 문화적 특징이 반영되어 있다. '달아(a) 달아(a) 밝은(b) 달아(a)'가 여기에 해당된다. 그런데 이 단위가 확대되면서도 aaba 구조가 그대로 유지되기도 한다. '달아 달아(a) 밝은 달아(a)/이태백이(b) 놀던 달아(a)'가 그것이다. aaba 구조라 할 수 있을 것이다. 이러한 구조를 통해 민요만의 독특한 운율이 형성되고 있는 것이다.

이렇게 사설을 엮는 방식은 우리 민요에서는 매우 보편적이지만, 다른 갈래의 노래에서도 흔하게 나타난다. 「춘향가」와 같은 판소리 사설에서도, 무당이 신을 향해서 부르는 무가에서도 나타나며, 심지어 사대부들이 지은 시조에서도 종종 발견된다. '손이 가요, 손이 가. 새우깡에 손이 가'와 같은 광고용 노래도 이런 짜임이다. 이 노래가 우리 기억 속에 오래 남는 이유도 민요를 통해 형성되고 보편화된 사설 엮음 방식을 활용했기 때문일지도 모른다. 이른바 문화적 DNA가 작용한 결과인 것이다.

한편 강강술래의 기원과 관련해서 여러 가지 설이 있다. 강강술래가 고대부터 전승되어 온 가무라고 보기도 하고, 이순신 장군이 군사적인 목적으로 고안하여 전투에 활용한 이후에 전승된 가무라고 보는 설도 있다. 그 기원을 확정하기는 어렵지만, 놀이를 동반한 노래라는 점은 분명하다. 하지만 점점 놀이의 기능을 상실하고 요즘 들어서는 문화재로 지정되어 이어지고 있을 뿐이다.

강강술래가 놀이였을 때는 정월대보름, 유월 보름인 유두, 칠월 보름인 백중, 팔월 보름인 추석 등 둥근 달이 떠 있는 보름날 밤에만 열렸다. 전통사회에서 다 큰 여자들이 모여서 뛰어노는 행위는 제약이 많았을 것이다. 하지만 이런 세시풍속에는 무언가 '의례적으로 하는 것'이라는 강제적인 요소가 있어서 여자들이 집밖으로 나와서 놀 수 있는 좋은 핑계거리가 되어 주었다. 공식적으로 인정받은 놀이인 셈이다.

특별히 대보름 밤의 풍경은 역동적이고 흥겹다. 둥글고 곱게 세워진 달집이 엄청난 화염을 뿜으면서 불타고, 아이들은 불이 든 깡통으로 쥐불놀이를 한다. 그리고 강강술래도 둥글게 돌아간다. 대보름 밤, 달 아래에서는 달과 닮은 놀이들을 하며 논다. 달집이 둥글게 타오른다. 강강술래의 원도 둥글다. 아이들의 쥐불도 둥글게 돌아간다. 저 하늘의 달도 둥글다.

대부분의 강강술래는 달로 시작한다. 하늘에 달이 떠오르는 것을 바라보며 강강술래가 시작되는 것이다. 「강강술래」를 부르는 사람들은 강강술래를 시작할 때 꼭 느린 곡조의 '진강강술래'로 '달'부터 찾는다고 한다. 왜 하필 달일까? 달로 시작해야 하는 이유는 무엇일까? 달은 음양(陰陽) 가운데 음을 상징하고, 여성을 상징하며, 풍요를 상징한다. 특히 둥근 모양의 달, 만월은 꽉 찬 알곡을 연상케 하며 만삭의 배를 떠올리게 한다. 이러한 상징과 그에 대한 믿음으로 우리 조상들은 달에게 풍요를 빌었다.

강강술래를 하는 공간은 누구에게나 개방되어 있다. 그리고 몇 시부터 시작이라거나 몇 시까지 논다거나 하는 시간적 제약도 없다. 그 판에 먼저 온 사람과 나중에 온 사람이 구별되지 않으며, 누구나 언제든 끼어들 수 있다. 놀이나 동작의 경우, 선두를 따라다니다 보면 자연스럽게 연결되는 구조로 되어 있고 노래와 동작이 모두 반복적이기 때문에 처음 노는 사람들도 얼마든지 놀면서 배울 수 있다. 여기에 강강술래 전승의 힘이 있다.

무형문화재로 지정된 강강술래의 순서를 보면 '진강강술래-중강강술래-자진강강술래-남생아-개고리-고사리-청어 엮기·풀기-덕석 몰기·풀기-기와 밟기-대문 열기-꼬리 따기-술래'로 구성되어 있다. 이 가운데 '진강강술래-중강강술래-자진강강술래'가 가장 기본적인 놀이이며 그 뒷부분의 놀이들은 순서가 바뀌기도 하고 생략되기도 한다.

다음으로 전라도를 지나 경상도로 놀이판을 옮겨보자. 「쾌지나 칭칭나네」는 주로 경상도를 중심으로 해서 강원도와 전라남도 서부 일부에서 주로 남성들이 명절이나 놀이를 할 때 춤을 추면서 부르던 민요이다.

「강강술래」 등과 함께 무용유희요에 속하지만, 남성들이 부르는 유희요가 드물다는 점에서 그 가치를 인정받고 있다. '쾌지나 칭칭나네'의 어원에 대해서는 임진왜란 때의 왜장인 '가등청정'을 연상하여 '가등청정 오네'가 와전된 것이라는 설이 있지만, 기원이 오래된 노

쾌지나 칭칭나네를 부르며 놀이하는 모습

래로 짐작되어 설득력이 없다. 그래서 어떤 이는 농악에서 치는 꽹과리 소리를 입으로 옮긴 것으로 보기도 한다.

이 노래에는 하늘, 별, 강변, 자갈 등이 소재로 등장한다. 「강강술래」에는 '달'이 주된 소재였다면 「쾌지나 칭칭나네」에서는 다양한 소재들이 등장한다. 이 소재들을 굳이 남자와 여자로 구분 지어 본다면, 경상도 남자들의 호탕한 성격만큼이나 판의 느낌이 넓어진 느낌이 든다. 이들은 별로 가득 찬 밤하늘을 보며 씩씩하게 이수를 건너 백로로 가고 있다. 이수와 백로는 「토끼전」과 이백의 시에 등장하기도 하는 중국의 지명이다. 보통 강물이 갈라지는 곳에 모래톱이 있고 그런 곳이면 백로가 많이 날아와서 '백로주'라 불리는 일이 흔하다고 하는데, 중국 양자강에도 이런 곳이 있다고 한다. 중국의 지명이지만 충분히 일상화되어

있기 때문에 이질감을 느끼지 못했을 것이다. 남자들의 노래라 그런지 현재 있는 장소에 머물지 않고 좀 더 넓은 곳으로 나아가려는 느낌을 주기도 한다.

베틀

화제를 조금 돌려 이야기는 지상에서 다시 천상으로 향하게 된다. 베틀은 명주·무명·삼베 등의 피륙을 짜는 틀로 주로 여자들이 다루던 도구이다. 베틀의 장치들을 구체적으로 나타내며 직접 짜는 모습이 보인다. '잉아'는 베틀의 날실을 위아래로 움직여 한 간씩 걸어서 끌어올리도록 맨 굵은 실을 뜻하며, '북'은 실꾸리를 넣고 북바늘로 고정시켜 날의 틈으로 왔다 갔다 하게 해서, 씨를 풀어 주어 피륙이 짜지도록 하는 배같이 생긴 나무통을 말한다. 그 시절 여자들의 일상 중 하나는 이렇게 베를 짜던 일이었다. 그러한 베틀을 하늘에 놓는다는 것은 일상에서의 탈피를 꿈꾸는 바람일 수도 있을 것이다. 남자들이 주로 불렀다는 노래에 왜 갑자기 뜬금없이 여성들이 전담하는 일이 등장했는지는 모를 일이다. 그러나 함께 부르는 노래의 사설이 반드시 그 노래를 부르는 사람들의 일을 직접적으로 반영하는 것만은 아니기 때문에 얼마든지 다른 공간, 다른 사람의 일도 노랫말에 포섭될 수는 있다.

하늘에 베틀을 놓고 잉어 잡아 북을 놓으니 어느새 큰 명절 2개가 지나갔다. 정월에는 대보름날, 팔월에는 추석이 있다. 이러한 큰 연중행사가 지나고 나면 어느새 한 해가 가고 그것이 모여서 흐르면 세월이 된다. 하지만 세월이 흘러도 나에겐 설움만 남는다. 이는 고단한 살림살이에서 오는 설움일지도 모르겠다. 노랫말은 씩씩하고 힘이 났다가도 축 처지기도 한다. 그래도 때로는 슬픔을 마음속에 가두어 놓지 않고 직접 표현함으로써 위로가 될 수도 있다. 그래서 이 노래도 흥겹게 부를 수 있는 것이다.

경상도 지방에서도 이 노래가 가장 많이 불리어지던 때는 정월이었다. 일 년에 한 번씩 그 해의 풍년을 염원하며 진행하는 전통적 행사인 정월대보름에 줄다리기를 앞두고 초생부터 온 고을이 떠들썩하기 시작했다. 세배도 거의 끝날 무렵인 초닷새쯤이 지나면 고을과 마을의 주동 인물들이 나서서 성대한 놀이를 준비할 적임자들을 뽑고 집집에서 짚과 새끼줄을 모아 줄을 만드는 등 만반의 준비를 갖춘다. 이때 동네 아이들은 밤마다 앞 골목, 뒷골목 패를 두 편으로 갈라서 줄을 당긴다. 이는 줄 큰 줄다리기의 시작을 알리는 동시에 놀이 분위기를 조성하는 절차도 된다. 이리하여 골목 줄은 동네 줄로 동네 줄은 온 고을이 동원되는 큰 줄로 차츰 확대된다. 이와 함께 아이들이 놀던 작은 줄이 끝에 가서는 절구통 굵기의 어른 줄로 붙어 간다.

정월 초승달 하루하루 살이 붙어 갈수록 밤마다 동네 한길에서는 구성지게 먹이는 사설에 따라 아이들의 야무진 목소리로 받는 '쾌지나 칭칭나네' 소리가 밤 가는 줄 모르고 점점 높아졌다고 한다. 한 사람이 사설로 메기면, 나머지 사람들은 받아서 '쾌지나 칭칭나네'를 반복하는데 끝없이 이어지는 특성을 지니고 있다. 따라서 노랫말은 선창자가 누구인가, 어떤 상황에서 불렀는가에 따라 얼마든지 달라질 수 있다.

농악을 치고 놀다가 「쾌지나 칭칭나네」를 부를 때는 꽹과리는 쉬고 북과 장구만 친다. 여러 사람이 둥글게 서서 자유롭게 춤을 추며 소리를 받고 선소리꾼은 그 원 가운데 서서 소리를 메기는 선후창 형식이다. 많은 사람들이 모여서 놀 때에 한 사람이 메기고 여러 사람이 받아주는 식으로 부른다. 처음에는 느릿느릿 춤을 추면서 천천히 부르다가 흥이 고조되면 빠른 장단으로 부르게 된다. 느리게 부를 때는 굿거리장단과 잘 맞고 빠르게 부를 때는 자진모리장단과 잘 맞는다. 장단은 주로 꽹과리, 징, 장구, 북 등의 풍물 악기를 사용하여 떠들썩하게 반주하는 것이 보통이다. 「쾌지나 칭칭나네」는 주로 야외에서 하기 때문에 이런 악기들로 반주해야 효과가 난다.

이런 종류의 노래는 즉흥적으로 메기면서 부르는 현장성이 있어서 역동적인 재미가 있다. 고정된 가사는 많지 않고 즉흥적으로 가사를 붙여 메기는 것이 보통이다. 앞에 실은 사설이 이 노래의 전형적인 사설인데 내용과 수사로 보아 오랜 기원을 지닌 것으로 짐작된다. 전라도의 「강강술래」처럼 계면조*로 되어 있으나 음은 미·라·도를 골격으로 하는 메나리조이다. 계면조와 메나리조 모두 슬프고 애타는 음으로 되어있지만, 그 노래를 즐기는 상황에서만큼은 경상도 민요의 씩씩하고 소박한 느낌이 살아 있다.

*슬프고 애타는 느낌을 주는 음조로, 서양 음악의 단조(短調)와 비슷하다. '계면'이라는 말은 눈물이 흐르면 얼굴[면(面)]에 경계[계(界)]가 생기는 데서 비롯되었다.

자장노래

이제는 다른 분위기로 전환을 해보자. 「자장노래」는 아이를 재우기 위해 어르며 부르는 노래이다. 아이를 재우거나 달랠 때 노래를 부르는 것은 인류에게 공통된 행동으로서, 각국의 자장가는 유사점이 많고 동시에 지방색이 강하다. 서양에서 자장가는 일반적으로 요람을 천천히 흔들며 아기를 달래는 「요람의 노래」와 '아루루', '라라라', '나니나니' 등의 말을 반복하는 「자장가」로 나누어 나타난다. 보통 「자장가」는 동일한 음절을 되풀이하여 아이를 꿈나라로 이끄는 것으로 태고의 원시적 주술의 자취로 보기도 한다. 자장가는 반복구 사이사이에 즉흥적으로 말을 넣어 부르는 특징을 가지고 있다.

아이는 어리지만 어머니의 노랫말을 통해 자신도 모르게 많은 것을 느끼고 배울 수 있다. 국어를 흔히 '모국어(母國語)'라고 표현하는 것도 자신이 기본적으로 쓰는 언어가 어머니에게서 가장 큰 영향을 받기 때문일 것이다.

앞에 실은 자장노래는 충청남도 예산 지방에서 내려오는 자장가이다. 엄마는 아이가 자신의 품에 안겨서 잘 잘 수 있도록 '멍멍개', '꼬꼬닭'도 소리를 내지 말라고 하고 있다. 어렵지 않아 굳이 해석이 필요 없지만, 가사의 내용을 조금만 살펴보자. 이 노래를 통해 아이는 은연중에 개는 '멍멍' 하고 짖으며, 닭은 '꼬꼬' 하며 운다는 것을 인식할 수 있다.

이렇게 사소한 어머니의 노랫말 하나도 아이에게 큰 영향을 미친다. 이 민요가 불리어 지던 시골에는 소, 닭, 개 등 가축들을 많이 길렀으니 당시의 풍경들과 함께 시골 할머니 댁을 떠올리며 상상도 해보자. 또 우리 부모님이 어릴 적엔 할머니께서 이런 노래를 부르며 재우셨겠지 하는 상상을 해보면 더욱 재미있을 것이다.

그리고 노래를 부르는 내내 어머니의 시선은 아이에게 고정되어 있다는 것을 느낄 수 있다. 단순히 잠만 재우면 된다는 생각이 아니라 사랑하는 아이를 바라보며 노래하고 있다. 노래를 부르는 내내 아이가 잠들어 가는 과정이 눈에 보인다. 아기는 엄마 품에 폭 안겨서 칭얼칭얼하다가 쌔근쌔근 잠을 자게 된다. 그런 아이의 모습을 보고 있노라면 자연스레 흔히 말하는 '엄마미소'가 지어질 것이다.

「자장노래」는 아이를 재우기 위해 부르는 노래이므로 단조로운 가락이 반복적으로 이어지는 특징이 있다. 그리고 노랫말은 그때그때 상황에 따라 즉흥적으로 달라지는 특징을 보이기도 한다. 앞의 작품은 운율이 4·4조로 완벽하게 구성되어 있다. 단조로운 느낌으로 강의하는 선생님의 수업 시간에는 저절로 졸음이 쏟아지듯이 「자장노래」 또한 그런 느낌으로 노래를 불러야 했을 것이다. 이 노래를 반복하며 어르고 달래다 보면 어느새 아기는 곤히 잠들어 있고, 어머니도 잠들 수 있었을 것이다.

우리 조상들은 신나게 놀 때와 차분해야 할 때를 알고 그에 맞춰 우리만의 가락으로 노래를 만들어 부르던 멋있는 분들이었다. 「강강술래」와 「쾌지나 칭칭나네」가 사람들을 일으켜 세우는 흥취를 가졌다면, 「자장노래」는 차분히 가라앉히는 노래이다. 이처럼 노래는 사람의 마음을 움직이고 몸을 움직이는 힘을 지니고 있다. 그래서 때와 장소에 따라 레퍼토리가 선택되는 것이다.

　우리는 가식도 기교도 없는, 우리만이 가지고 있는 소중한 노래 가락과 놀이의 가치를 점점 잊어가고 있는 것 같다. 시대가 변함에 따라 노래와 함께 부르던 놀이가 그 기능을 잃어간 것에서도 이유를 찾을 수 있을 것이다. 그러나 그 옛날의 노래가 사라졌다고 해서 그 가치까지 사라지는 것은 아니다. 그 가치는 또 다른 노래를 통해 여전히 살아 남게 된다. 우리의 부모님이, 우리가, 그리고 우리의 후손들이 과거의 노래를 잊는다 해도, 노래의 가치 자체를 버릴 수는 없다. 노래는 인류가 발명한 가장 위대한 발명품인 셈이다.

한 걸음 더

1. 현대판 「강강술래」나 「쾌지나 칭칭나네」 놀이를 한다고 했을 때, 학교생활을 그린
   노랫말을 만들어 보자.

2. 「자장노래」와 같이 4 · 4조에 맞추어 미래 우리 아이를 위한 자장가를 만들어 보자.

저자 **류수열**

한양대학교 국어교육과 교수
서울대학교 사범대학 국어교육과를 졸업하고, 같은 학교 대학원에서 박사 학위를 받았다. 중학교 교사를 거쳐 지금은 한양대학교 사범대학 국어교육과 교수로 재직하고 있다. 국어교육과 관련된 많은 논문과 책을 썼고, 「홍길동전」을 각색한 『춤추는 소매 바람을 따라 휘날리니』와 『꽃 보고 우는 까닭』을 펴냈다.

그림 **임진성**

경희대학교 동양화과 겸임 교수, 화가
홍익대학교 미술대학 동양학과를 졸업하고, 같은 학교 대학원에서 석-박사 학위를 받았다. 홍익대학교와 단국대학교 강사를 거쳐 현재 경희대학교 미술대학 동양화과 겸임 교수로 재직하고 있다. 1992년부터 2012년 현재까지 15차례의 개인전과 100여 차례의 단체전을 국내외 화랑에서 가졌으며, 각종 미술대전의 심사위원을 역임하였다.

교과서와 함께 읽는 고전 시가 해설

시를 품고 옛 노래를 부르다

초판1쇄 발행 2012년 9월 28일
초판2쇄 발행 2013년 11월 22일
초판3쇄 발행 2016년 1월 22일

지 은 이 류수열
펴 낸 이 최종숙
펴 낸 곳 글누림출판사

책 임 편 집 이태곤
편집 디자인 안혜진
편   집 이홍주 문선희 박지인 권분옥 오정대 이소정
마 케 팅 안현진 박태훈

주   소 서울시 서초구 동광로 46길 6-6(반포4동 577-25) 문창빌딩 2층(우 06589)
전   화 02-3409-2055(대표), 2058(영업), 2060(편집)
팩   스 02-3409-2059
홈페이지 http://www.geulnurim.co.kr
전자메일 nurim3888@hanmail.net
등록번호 제303-2005-000038호(2005. 10. 5)

ISBN 978-89-6327-208-5 43810

정가 9,500원